LESBIA

MARIA BENEDITA BORMANN

DÉLIA

LÉSBIA

• EDIÇÃO REVISTA E ATUALIZADA •

Copyright © 2021 por Editora 106

Dados Internacionais de Catalogação na Publicação (CIP)

Ficha catalográfica elaborada por Angélica Ilacqua CRB-8/7057

B74L

Bormann, Maria Benedita Câmara de, 1853-1895

Lésbia / Maria Benedita Bormann (Délia); apresentação e notas de Maria do Rosário A. Pereira. — São Paulo: Editora 106, 2021.
176 p.

Pseudônimo: Délia
ISBN edição impressa: 978-65-88342-07-7
ISBN edição digital: 978-65-88342-08-4

1. Ficção brasileira   2. Mulheres — Poder — Ficção   I. Título   II. Pereira, Maria do Rosário A.

21-2339

CDD – B869.3
CDU 82-31(81)

Índice para catálogo sistemático

1. Ficção brasileira

Publicado com a devida autorização e com
todos os direitos reservados por

EDITORA 106
Rua Havaí, 499, Sumaré
CEP 05011-001, São Paulo (SP)
contato@editora106.com.br
www.editora106.com.br

SUMÁRIO

Apresentação 7

Ao leitor 21

I 23

II 29

III 33

IV 39

V 43

VI 47

VII 51

VIII 55

IX 59

X 63

XI 67

XII 71

XIII 75

XIV 81

XV 85

XVI 89

XVII 93

XVIII 97

XIX	101
XX	107
XXI	111
XXII	115
XXIII	123
XXIV	127
XXV	133
XXVI	139
XXVII	147
XXVIII	155
XXIX	161
XXX	171

APRESENTAÇÃO

Lésbia e a mulher escritora no século 19

MARIA DO ROSÁRIO A. PEREIRA

A ESCRITA DE MULHERES NOS ANOS DE 1800

O século 19 é conhecido como um período central para a formação da identidade nacional. No que se refere à literatura, discursos foram construídos de modo a referendar a ideologia de uma nação hegemônica, na qual a "diferença" não fazia parte. Romances indianistas fundacionais, como os de José de Alencar, por exemplo, camuflam toda a violência do processo colonizador nacional, no que Renato Cordeiro Gomes chamou de "nova tradição inventada". (GOMES, 2000, p. 45) *O guarani* (1855), *Iracema* (1865) e *Ubirajara* (1874) apresentam o contato entre os colonizadores e os povos autóctones sempre de forma apaziguadora, elevando o elemento indígena à condição do português heroico. Na nação brasileira, portanto, não haveria espaço para o conflito, para a discordância, uma vez que tal nação abarcaria a todos igualmente. A literatura foi, portanto, no século 19, instrumento importante no que se refere à permanência das relações de poder e dos papéis sociais consagrados, pois cria-se uma visão idealizada e romantizada da pátria.

Quanto às mulheres, esse Estado-nação que então se construía ideologicamente tinha feição masculina; sabe-se que poucas tinham acesso à leitura e à escrita nesse momento, uma vez que permaneciam circunscritas ao espaço doméstico, ocupando funções de esposa e de procriadoras. No entanto, aquelas que conseguiam ter acesso à educação, em geral pertencentes a famílias abastadas, logo a utilizaram para divulgar ideias em prol dos direitos femininos.

Nessa empreitada, jornais comandados por mulheres em diferentes partes do país contribuíram imensamente para que reflexões sobre a escolarização feminina, bem como sobre o sufrágio, se estendessem aos mais diversos recantos. Além disso, muitas escritoras publicaram seus textos literários primeiramente nesse espaço, e ainda que muitas delas o tenham feito com certo reconhecimento crítico àquele momento, simplesmente caíram no ostracismo depois.

Hoje, algumas dessas obras só são conhecidas devido ao trabalho de algumas editoras na recuperação e reedição desses originais, ou mesmo de edições há muito esgotadas e, portanto, inacessíveis ao público leitor.*

Doris Sommer chama a atenção para o fato de a maioria das publicações latino-americanas no século 19 ser composta de histórias de amor, e investiga as relações entre esse "amor romântico" e o conceito de pátria que se firmava em muitas nações. Assim como os romances indianistas mencionados traziam uma ideia de conciliação, também os romances com histórias de amor promoviam essa mesma ideia. Os romances românticos seriam, portanto, um construto ideológico para manter a mulher presa a um determinado esquema com papéis predefinidos, papéis estes sempre à margem da vida intelectual ou das decisões políticas que se processavam:

---

*Vale lembrar, aqui, do trabalho efetuado pela Editora Mulheres entre os anos de 1995 e 2015, com inúmeras publicações, sobretudo, de escritoras do século 19. O pioneirismo de Zahidé Muzart foi importante iniciativa no campo editorial para fomentar a bibliodiversidade e, ao mesmo tempo, conferir visibilidade a escritoras pouco ou nada conhecidas do público leitor.

APRESENTAÇÃO

A linguagem do amor, especificamente da sexualidade produtiva do lar, é notavelmente coerente e fornece veículo para uma consolidação nacional aparentemente não violenta, após longas guerras revolucionárias e civis. (...) após a criação de novas nações, o romance doméstico é uma exortação a ser fértil e a multiplicar. (SOMMER, 1994, p. 159)

O destino da mulher, então, estava selado: marido e filhos eram o sublime anseio, a sublime conquista. É compreensível, portanto, que escritoras ou romances que destoassem dessa nota, dessa imagem construída de nação, tenham sido excluídos do cânone literário. Nota-se que a formação desse cânone ultrapassa critérios meramente estéticos, ao contrário, estão em jogo aspectos políticos, econômicos e culturais que apontam para a supremacia de determinados grupos em detrimento de outros. As obras escritas por mulheres geram uma tensão no que se refere ao *establishment* literário: novas vozes se fazem ouvir, novas experiências são trazidas para o corpo do texto, mostrando outros modos de vida, outras subjetividades, enfim. E a subjetividade de mulheres que participaram da vida pública merece, mais do que nunca, ser discutida.

A ESCRITORA MARIA BENEDITA BORMANN

Tendo nascido em Porto Alegre, em 1853, e falecido no Rio de Janeiro, em 1895, Maria Benedita Câmara Bormann pertencia a uma família renomada, detentora de *status* político e social. Quando tinha 10 anos, sua família mudou-se para o Rio de Janeiro, cidade que reunia políticos e intelectuais, centro da efervescência cultural brasileira, na qual residiria até o fim dos seus dias. Há poucos registros sobre sua vida: sabe-se que se casou em 1872 e não deixou descendentes, mas não há muitas informações sobre sua vida pessoal para além disso.

No entanto, pela leitura de suas obras é possível depreender que foi detentora de uma educação privilegiada, pois há inúmeras menções a escritores e filósofos franceses — em *Lésbia* há, inclusive, poemas em francês —, e, conforme registra Norma Telles na introdução à edição desta obra publicada pela Editora Mulheres em 1998, também conhecia o idioma inglês. Ainda de acordo com essa mesma pesquisadora, além de escritora, Maria Benedita Bormann era pintora e tocava piano, sendo também cantora *mezzo soprano*. Seu marido, José Bernardino Bormann, era escritor e ensaísta, além de engenheiro militar que atuara na Guerra do Paraguai, tendo sido até Ministro da Guerra.

Entre 1880 e 1895, sob o pseudônimo Délia, Maria Benedita Bormann publicou contos, crônicas e romances, inclusive no formato de folhetim, em alguns dos principais jornais cariocas de fins do século 19, tais como Sorriso, Cruzeiro, Gazeta da Tarde e Gazeta de Notícias. Destaque-se que foi a primeira mulher a colaborar em uma coluna que aparecia à esquerda da primeira página do jornal O País, coluna esta que dividia com Coelho Neto e outros renomados intelectuais à época. Publicou os seguintes romances: *Uma vítima*, *Duas irmãs* e *Magdalena*, em um único volume, em 1884, pela Typographia Central; *Lésbia*, em 1890, pela Evaristo Rodrigues da Costa; *Celeste*, em 1893, pela Magalhães & Companhia; e ainda *Aurélia* (1883, publicado como folhetim na *Gazeta da Tarde*), *Angelina* (1886) e *Estátua de neve* (1890). Não se tem notícias de como estes dois últimos foram publicados, uma vez que, até o momento, não foram localizados exemplares.

No que se refere ao pseudônimo adotado por Bormann — Délia —, sabe-se que tal prática era comum no século 19 em relação às escritoras mulheres por diversas razões: manter o anonimato significava não revelar suas raízes e sua árvore genealógica, algo que tinha um peso grande à época, mas também era uma espécie de modismo que significava a possibilidade de assumir uma outra identidade pública, profissional, de escritora — vale lembrar que escritores homens também usavam pseudônimos. A escolha de "Délia" remete à Antiguidade clássica, epíteto dos gêmeos Ártemis e Apolo, o qual se refere a um lugar geográfico indicativo da procedência deles: Delos. No entanto, nas décadas que precederam a República brasileira, nomes romanos eram usados como indicativo de posicionamento político favorável ao novo regime, o que dá mostras do pensamento da autora acerca das questões políticas que se discutiam àquele momento. Telles destaca ainda que a escolha por este pseudônimo

> esboça o traçado de uma genealogia própria, imaginária, uma genealogia feminina que tem início com a poeta Safo, passa pela personagem romana Délia e as denominadas Safos dos séculos subsequentes chegando até George Sand, a Safo que dominou Paris em meados do século dezenove e de quem Maria Benedita Bormann diz ter demonstrado "o que pode o gênio em peito feminino". (TELLES, 1998, p. 8-9)

No que diz respeito ao pseudônimo "Lésbia" utilizado pela personagem Bela no romance de mesmo nome, sabe-se que se trata de uma personagem famosa dos versos de Catulo, poeta romano que viveu entre 84 e 54 a.C. Seja como for, a escolha de tal pseudônimo remete a uma certa ideia de independência, de valorização de uma individualidade artística, exatamente o que acontecerá com a protagonista do romance de Délia em questão.

LÉSBIA E OS DESAFIOS DA MULHER ARTISTA

Para se fazer uma leitura apropriada de *Lésbia*, deve-se levar em conta o momento histórico em que a obra foi escrita. Um sistema binário e dicotômico articula-se na ordem burguesa de fins do século 19, opondo de forma irreconciliável pares tais como homem *versus* mulher, razão *versus* sentimento, corpo *versus* mente, natureza *versus* cultura. Na filosofia, na religião, na literatura, na vida, enfim, engendra-se uma sociedade burguesa falocêntrica, uma vez que o *logos* é sempre associado ao elemento masculino, ao passo que elementos supostamente ligados à sensibilidade — como o corpo, a natureza, o sentimento — seriam pertencentes ao feminino.

Para além dos fatores históricos mencionados na primeira parte desta apresentação, no que se refere à escrita de autoria feminina propriamente dita no século 19, deve-se levar em conta o limitado campo de experiências das mulheres, a saber, o campo do espaço privado, circunscrito, em geral, às funções domésticas e à maternidade. É assim que poucas eram artistas e escritoras nesse momento, e quanto aos chamados "livros de artistas" escritos por mulheres, isto é, em que protagonistas femininas eram artistas (escritoras, pintoras, cantoras, atrizes etc.), isso era ainda mais raro de se encontrar.

Quanto ao modo como é constituído literariamente, *Lésbia* é "o que se denomina *Künstlerromane,* um romance de artista, um gênero que enreda o contínuo processo através do qual uma pessoa progride em direção à criação de sua arte". (TELLES, 1998, p. 11) De acordo com Telles, muitas obras escritas por mulheres que se enquadravam nesse gênero eram lidas de outro modo:

> Assim, *Corine* de Mme. de Staël foi catalogado como livro de viagens, embora, no enredo, Corine se consagre como artista e *Consuelo*, de Sand, um dos primeiros a descrever a vida boêmia parisiense, recebem outras catalogações, sem se atentar para o fato da importância dessa experiência para a formação da artista. Por tudo isto, Stewart sugere ser preciso ter critérios diferenciados para buscar identificar este tipo de obra entre as escritoras, é preciso identificar vivências que lhes são próprias, e perceber que sua contribuição singular pode ser vista, algumas vezes, como uma crítica ao gênero de romance de formação, constituindo uma vertente peculiar que deve ser incluída entre os *Künstlerromanne*. (TELLES, 1999, p. 382-383)

APRESENTAÇÃO

Destaque-se que o *Künstlerromanne* feminino também é uma vertente peculiar do gênero original porque o subverte, isto é, os *Künstlerromanne* escritos por homens articulam-se da seguinte forma: realização pessoal e realização artística são incongruentes; no romance de Délia, no entanto, não é isso o que ocorre, pois, em boa parte da narrativa, a protagonista Lésbia detém ambos, sobretudo no período em que tem um certo reconhecimento literário e em que divide sua vida amorosa com Catulo.

Seja como for, um grande *topos* do romance é a mulher artista e a necessidade de "um teto todo seu", como apregoava Virginia Woolf nas primeiras décadas do século 20. Observe-se que o romance de Délia já apontava para essa necessidade de uma independência feminina algumas décadas antes do famoso ensaio de Woolf, e em terras tupiniquins! Isso aponta para a atualidade e a inovação dessa obra àquele momento, pois já antecipava algumas questões relativas à vivência das mulheres que seriam exploradas pela literatura de autoria feminina durante boa parte do século 20.

Vale destacar, ainda, algo peculiar no que se refere à estrutura de *Lésbia*, de certo modo "espelhada": a imagem da autora Délia e da protagonista Bela estão uma na outra, de algum modo — a escritora (Maria Benedita Bormann) adota um pseudônimo (Délia) e escreve a história de uma moça (Arabela) que se torna uma escritora (Lésbia). Tal espelhamento entre vida real e ficção conduz o leitor a uma premissa fundamental no romance em questão: a importância de as mulheres assumirem sua *persona* literária, isto é, reconhecerem seu lugar de protagonismo como intelectuais e escritoras. Assim como Bormann exerceu esse protagonismo em sua vida, também o faz Bela, independentemente de todas as críticas ou cobranças sociais advindas desse processo.

Vejamos como a protagonista é apresentada ao leitor: já em tenra idade, Arabela dá mostras de seu apreço pelo mundo das letras, que se intensifica ao longo da narrativa. É interessante notar também que a busca pelo conhecimento, pela leitura e pela escrita encontra paralelo com a busca amorosa, ambas empreendidas pela protagonista com igual vigor.

13

LÉSBIA

A caracterização psicológica de Lésbia é singular neste sentido: autocentrada, culta, bela, segura de si, um tanto quanto irônica e mesmo vingativa em alguns momentos. No início da narrativa, sabemos que ela se encontra num malfadado matrimônio e é constantemente maltratada pelo marido, que a humilha na frente da família e dos amigos. Se, em um primeiro momento, a jovem de 19 anos — sua família havia sido contra o casamento — sente seu ânimo desfalecer, acaba por dar fim a esse relacionamento, permanecendo em definitivo sob a tutela dos pais. É assim que a narrativa apresenta, de alguma forma, a ideia do matrimônio como uma violência e um entrave à realização feminina.

Nas idas e vindas da protagonista, fica patente a remodelação do espaço da casa, de espaço odioso com o marido ao palacete que irá dar a Lésbia as condições necessárias para viver como escritora. Inicialmente, da casa dos pais, a jovem passa a habitar o colégio; do colégio, passa à casa do marido; da casa do esposo, retorna à casa dos pais, inicialmente com o marido para, depois, dele se desvencilhar e passar a viver novamente sob a tutela do pai que ainda era vivo e trabalhava, como faz questão de reiterar na única fala por ele proferida em toda a obra.

Como se vê, a dependência econômica facilitava um certo desenraizamento espacial da personagem, sempre sujeita às imposições ou mesmo à condescendência masculina, fosse o pai ou o marido. A independência financeira da protagonista é adquirida por meio de um golpe de sorte: ganha uma pequena fortuna na loteria. De acordo com Telles, isso não é tão surpreendente quanto se possa supor, uma vez que, percorrendo os jornais da época, é grande o número de anúncios de loteria publicados.

Rica e, então, viúva, Bela cai nas mãos de um conquistador, Sérgio. Após funda desilusão amorosa com um tipo que se aproveitava das mulheres até delas se enfadar, ela se volta para o mundo das letras como possibilidade de se tornar novamente sujeito de suas escolhas e de sua vida: "Indignada por não poder resolver esse problema que tanto a interessava, dirigiu-se à biblioteca paterna e, ao acaso, para dissipar o mau humor, tomou um

APRESENTAÇÃO

livrinho — *Máximas de Epicteto* —, percorrendo-o durante algum tempo." E quem foi Epicteto? Um filósofo, outrora escravo na Roma antiga, que acaba por conquistar sua liberdade e passa a defendê-la. Tal obra tem grande ressonância no romance de Délia, bem como *Os sofrimentos do jovem Werther*, de Goethe, escrito em 1774, considerado um marco do Romantismo, obra em que vida e criação se misturam para compor o romance e que culmina no suicídio, tal qual ocorre em *Lésbia*.

No espaço do toucador feminino, Bela divaga e fica imaginando novos finais às histórias que lia desde cedo, pois já na infância manifestava interesse pelo mundo das letras, conforme dito anteriormente. O toucador, "até então voltado ao *far niente*", dará lugar ao gabinete de estudos, e assim nasce a escritora. Findo o primeiro romance, *História de uma paixão*, apresenta-o aos pais, no que é bem recebida. Desconfiando, no entanto, da condescendência paterna, mostra-o a um médico amigo, frequentador assíduo de seu círculo social. Tendo sua obra também sido aprovada por ele, Bela resolve apresentá-la a um editor de jornal, que se demonstra culto e receptivo ao romance da moça. A partir daí, ela passaria a publicar em folhetim e enfrentar os mais diversos dissabores, desde comentários maldosos por frequentar redações predominantemente masculinas até críticas por parte das próprias mulheres. Tempos depois, viúva e livre para novos enlaces, a jovem, no entanto, decide manter-se livre, pois

> votava ao matrimônio real aversão, justificada pela desdita que encontrara no seu malfadado consórcio. Constituiu-se, pois, a sua viuvez mais um elemento da animosidade mulheril, que não lhe perdoava a auréola da tríplice coroa do gênio, da beleza e da liberdade.

Destaque-se na narrativa o modo como a família de Lésbia, seus pais especificamente, trata suas decisões. O acolhimento e a tranquilidade com que suas investidas artísticas são tratadas é esteio para que a moça prossiga. Em "Como ter sucesso nas artes sem ser um homem? Manual para artistas mulheres no século 19", Séverine Sofio elenca alguns elementos fundamentais para que uma mulher atingisse tais anseios àquele momento:

1. Partir com boas cartas na mão.
2. Fazer as boas escolhas.
3. Não perder tempo em se fazer (re)conhecer.
4. Saber se vender.
5. Pensar na posteridade. (SOFIO, 2018, p. 31)

Observe-se que o romance de Délia aposta em alguns desses pontos para justificar o bom desempenho da protagonista escritora: Bela já "parte com boas cartas na mão", isto é, nasce em uma família que estimula seu amor pelo conhecimento — ainda que não tenha nascido numa família de artistas, o que, segundo Sofio, facilitaria enormemente a inclusão de mais um membro artista. Além disso, ao longo de sua carreira, Lésbia faz escolhas certas, o que implica dizer que investe em sua formação intelectual e erudita. Em várias passagens da narrativa, o leitor se depara com a moça lendo ou comentando um livro, e ressalta-se suas longas noites de estudo dedicadas à leitura e à escrita.

Por fim, ainda que o romance em xeque não se dedique muito aos itens 3 e 4 acima, Lésbia pensa na posteridade quando toma uma decisão definitiva. Institui Catulo como seu testamenteiro, o qual colecionou "as obras inéditas de Lésbia, fê-las imprimir luxuosamente e escreveu-lhe a primorosa biografia, terminando por estas palavras de Delavigne a Byron: 'Sê imortal, tu foste — tu mesma!'" A biografia da escritora, portanto, é o registro que coloca o nome da escritora, em definitivo, no panteão sagrado dos escritores.

No que se refere ao modo como é narrado o enredo, ao tornar-se escritora, há uma mudança na forma como o narrador se refere à moça: de Bela passa a ser referida somente por Lésbia. Isso é indicativo da personalidade que passa a prevalecer: não mais a da moça de bons modos e que havia sofrido algumas desilusões amorosas, mas a da escritora independente, amante dos livros, por vezes irônica em relação à sociedade que a cerca, sociedade esta ora hipócrita, ora interessada em seus bens financeiros, haja vista o comportamento da prima Joana e de sua família, por exemplo.

Duas personagens masculinas têm importância mais acentuada na narrativa: Catulo e Alberto. Quando Lésbia conhece Catulo, nele percebe um homem digno de sua afeição e com os mesmos pendores intelectuais que a jovem. Contudo, após um período de estabilidade nesse relacionamento e já na idade madura, Lésbia conhece o jovem Alberto, admirador e leitor de sua obra e dela própria, que desperta paixões típicas da juventude. Essa será sua derrocada: dividida entre a paixão fulminante — responsável, inclusive, por gerar um desgosto em Heloísa, noiva de Alberto — e a gratidão a um companheiro que sempre lhe fora fiel, Lésbia se suicida.

Digno de nota é a inscrição latina de Horácio no gabinete de Lésbia: *"Non omnis moriar"* ("Não morrerei de todo"). Fica clara a ideia de permanência, de sobrevivência para além do tempo e para além da própria morte física. E não há caminho mais seguro para que alguém se perpetue do que a própria literatura. O desfecho, já apontado na nota introdutória à obra, "Ao leitor", por mais trágico que seja, é assim justificado pela autora:

> Um dos desfechos condenados, segundo a opinião de muitos, é o suicídio; no entanto, nenhum livro é mais belo do que *Os sofrimentos do jovem Werther*, e nele há o endeusamento do suicídio. Lésbia também termina pelo suicídio, e longe de ser um ato irrefletido ou violento, é, antes, a consequência fatal do seu tormentoso e acidentado viver. (...) Mais tarde, preferiu morrer a trair o único ente que a amava com veras, e teve razão: quando uma mulher como ela encontra um homem como Catulo, deve sacrificar-lhe tudo, até mesmo a vida.

Em princípio, o final romântico em tudo condizente com uma série de narrativas trágicas do século 19 pode parecer pouco fiel ao perfil da protagonista. No entanto, há que se lembrar que as escritoras, por mais que avançassem em certas temáticas, também estavam submetidas às injunções e mesmo às limitações de seu tempo. Há um *feminismo possível* em *Lésbia*, expresso, para além de tudo o que foi demonstrado até aqui, também no testamento da personagem, pois ela deixa uma quantia para a "fundação de um asilo de educação de órfãs desvalidas e a criação de um liceu para o sexo feminino". Délia parece dizer aos leitores, com o gesto da heroína, que o caminho para as mulheres é, efetivamente, o caminho da educação, da instrução, uma das pautas mais debatidas pelas precursoras do feminismo no século 19. Afinal, é este o caminho que possibilita escolhas.

Não há dúvidas de que Maria Benedita Bormann foi uma das grandes escritoras do final do século 19. Tendo recebido muitas críticas positivas àquele momento, sua obra praticamente desapareceu depois, tendo algumas obras sido reeditadas somente nos anos 2000 pela extinta Editora Mulheres. O silêncio da crítica e a ausência de registros sobre a escritora dão mostras do desprestigio com que muitas vezes a produção feminina é tratada ao longo da História, no que Constância Lima Duarte chamou "memoricídio", a saber, o apagamento sistemático dessas escritoras. Que o leitor contemporâneo possa, finalmente, apreciar uma obra ímpar da literatura brasileira, capaz de fomentar o interesse pela escrita de autoria feminina do século 19.

MARIA DO ROSÁRIO A. PEREIRA

Doutora em Letras — Estudos Literários, área de concentração Literatura Brasileira, pela Faculdade de Letras da Universidade Federal de Minas Gerais (UFMG). Professora de Língua Portuguesa, Literatura Brasileira e Editoração no Centro Federal de Educação Tecnológica de Minas Gerais (CEFET-MG). Professora do Programa de Pós-Graduação em Letras da Universidade Federal de Viçosa. Publicou *Entre a lembrança e o esquecimento: a memória nos contos de Lygia Fagundes Telles* (Idea, 2018), além de capítulos de livros e artigos em periódicos diversos.

Referências

GOMES, Renato Cordeiro. "Que faremos com esta tradição? Ou: Relíquias da casa velha." In: Revista Brasileira de Literatura Comparada, nº 5, p. 43-54, 2000.

SCHMIDT, Rita Terezinha. "Na literatura, mulheres que reescrevem a nação." In: HOLLANDA, Heloisa Buarque de (Org.). *Pensamento feminista brasileiro*: formação e contexto. Rio de Janeiro: Bazar do Tempo, 2019.

SOFIO, Séverine. "Como ter sucesso nas artes sem ser um homem? Manual para artistas mulheres no século XIX." In: Revista do Instituto de Estudos Brasileiros, nº 71, p. 28-50, dez. 2018. Disponível em: *https://www.revistas.usp.br/rieb/article/view/152629* (acesso em 19/3/2021).

SOMMER, Doris. In: HOLANDA, Heloisa Buarque de (Org.). *Tendências e impasses*: o feminismo como crítica da cultura. Rio de Janeiro: Rocco, 1994.

TELLES, Norma. "Um palacete todo seu." In: *Cadernos Pagu*, 12, p. 379-399, 1999. Disponível em: *https://periodicos.sbu.unicamp.br/ojs/index.php/cadpagu/article/view/8634937* (acesso em 15/3/2021).

_____. "Introdução." In: BORMANN, Maria Benedita Câmara (Délia). *Lésbia*. Florianópolis: Editora Mulheres, 1998.

_____. "Escritoras, escritas, escrituras." In: DEL PRIORE, Mary (Org.). *História das mulheres no Brasil* (2ª ed.) São Paulo: Contexto, 1997.

AO LEITOR

que deve impressionar o espectador diante de uma estátua ou de uma tela primorosa não é a ideia ou o fato que uma ou outra representa, mas sim, a beleza dos contornos, o delineado das linhas, enfim, a perfeição do trabalho. Com o livro, que também é uma obra de arte, dá-se o mesmo; pertencendo o assunto à fantasia do autor, pode ele ser alegre ou fúnebre, grandioso e mesmo banal, contanto que a forma seja correta, a ideia, bem desenvolvida e a dedução, lógica.

Um dos desfechos condenados, segundo a opinião de muitos, é o suicídio; no entanto, nenhum livro é mais belo do que *Os sofrimentos do jovem Werther*, e nele há o endeusamento do suicídio. Lésbia também termina pelo suicídio, e longe de ser um ato irrefletido ou violento, é, antes, a consequência fatal do seu tormentoso e acidentado viver. Ela não era apologista desse gênero de morte, porém há casos em que é ele a melhor das soluções; e quem poderá alardear que nunca empregará esse meio, aliás muito legítimo, a fim de libertar-se de males intoleráveis? *Lésbia* é talvez o resultado de sentimentos amargos, mas encerra proveitoso ensinamento que lhe emprestará alguma utilidade. É um romance à parte porque, sendo a protagonista uma mulher de letras, a vida desta abrange maior âmbito e mais peripécias do que a existência do comum das mulheres.

Não se deve viver demasiado pelo coração, pois o fervilhar das paixões envelhece e cansa a alma, provocando esse desencanto de onde nasce o tédio, que de manso leva ao suicídio. Lésbia viveu duplamente: conheceu todas essas dores crudelíssimas que são a partilha das almas eleitas e suportou-as com valor, crente de que cumpria um fadário.

Mais tarde, preferiu morrer a trair o único ente que a amava com veras, e teve razão: quando uma mulher como ela encontra um homem como Catulo, deve sacrificar-lhe tudo, até mesmo a vida.

DÉLIA

1890

I

ra uma dessas tardes amenas de abril, em que a viração passa na folhagem, tocando-a de leve em fraternal afago. Chilravam as cigarras em coro, interrompido apenas por alguns *psius, psius,* em que pareciam resfolegar para depois continuarem o animado conjunto. Baixava o sol mansamente ao ocidente, em suave languidez, como que volvendo saudoso e amortecido olhar pelo espaço percorrido. Agitavam-se as copas das árvores em branda ondulação, acariciando e colhendo os últimos raios luminosos que as beijavam, desprendendo-se dentre elas um sussurro melodioso, como doce queixume.

Esvoaçavam os pássaros em torno dos ninhos, piando alegremente e logo emudecendo; a terra ia assumindo essa suprema quietação da melancólica e misteriosa passagem do dia à noite. No ambiente e na sombra violácea do crepúsculo, havia um convite à meditação e à saudade; era a hora em que se despe a alma de todas as mesquinharias da vida, encarando unicamente o que a compunge ou deleita.

Impregnada de aromas, subia dos jardins a brisa, entrava afoitamente pelas janelas, movendo as cortinas, embalsamando os aposentos e indo morrer junto a uma mulher cismarenta. Era no toucador onde ela se achava, um mimo de arte e bom gosto, contendo elegante mobília de pau-rosa e cetim azul-turquesa, grande tapete de pelúcia da mesma cor cobrindo parte do soalho e uma *psiché*[1] a refletir os quadros e as teteias do tépido ninho.

Sentada, ou antes, caída no divã, nesse pungente abandono que atesta íntimo desalento, e não cansaço físico, emergia de uma profusão de cassa branca e rendas tenuíssimas, como nevada flor cercada de espuma, uma moça flexível e alabastrina. As mangas curtas e o colo a meio descoberto deixavam que o olhar se extasiasse na pureza das linhas e na imaculada alvura do corpo, onde se distinguiam claramente azuladas veias percorrendo a epiderme e formando caprichosos tecidos.

Umedecidos por indizível expressão de sentimento, fitavam o horizonte os olhos enormes e escuros, enquanto a boca, nacarada e breve, crispava-se em mudo lamento. Mirava a quebrada fronteira, via a relva estender-se por ali abaixo em admirável nuança, começando no verde-escuro e terminando no amarelo-seco.

Em intermitente mutação de claridade, os últimos raios do sol ora iluminavam, ora deixavam na sombra aquele declive, provocando na pálida criatura vago desejo de rolar eternamente pela encosta, sorvendo o cheiro ativo da relva comprimida e fresca. Além, passava uma carroça carregada de tijolos, descendo lentamente, e do outro lado, recolhiam as trêfegas lavadeiras a roupa estendida nos arbustos. No pavimento térreo, sob seus pés, tocavam uma valsa plangente, conversavam à espera do jantar, chegando-lhe aos ouvidos argentinas gargalhadas, contristando-lhe o coração.

Quando sofremos, consideramos como escarnecedor insulto o alheio contentamento. Padecia a alma naquele adorável corpo quando a porta se abriu, entrando um homem no toucador a pisar forte: antes mesmo de o avistar, pressentira-o a jovem pelo magnetismo da aversão, contraindo-se-lhe o semblante. Tinha

---

[1] Espelho com movimento basculante. (Nota do editor)

I

ele trinta anos, fisionomia biliosa, vulgar, antipática. Olhando-a surpreso, inquiriu:

— O que fazes aqui sozinha, quando todos estão na sala?

— Nada! Aprontei-me e espero a sineta do jantar.

— Ora! Deixa-te de fantasias! Queres tornar-te notável!

Com visível enfado, ergueu-se ela e desceu à sala.

* * *

Arabela chamava-se a moça, porém todos a conheciam por Bela, gentil desinência que muito lhe quadrava. Até dezesseis anos, sorrira sempre sem que uma nuvem lhe ensombrasse o curioso e ardente volver dos grandes olhos ingênuos. Filha única, eram seus menores desejos adivinhados pela terna solicitude dos pais, aos quais pagava em afagos o que lhe davam em gozos e alegrias.

Confiadamente se lhe abria a alma pura e amorável aos generosos sentimentos, indignando-se ante a deslealdade e o egoísmo: para ela, o bem não era mais que o belo posto em ação, e o mal, uma manifestação de fealdade, irritando-lhe o espírito artístico.

Dotada de extraordinária inteligência, sentia viva necessidade de aprender e esmerilhar o porquê de todas as coisas, satisfazendo sempre aos professores e habituando-se a ser a primeira entre as condiscípulas, que a respeitavam e adulavam, invejando-a.

Saindo do colégio aos quinze anos, estreou-se na sociedade, primando pela graça e pela finura do seu espírito cultivado, cheio de originalidades, sedento de luz. Durante um ano, abrilhantou as festas aonde ia, excitou a admiração dos homens e a cólera das mulheres; muito jovem ainda, cingiu o diadema de incontestável superioridade, que tão prejudicial se torna àquelas que o trazem.

Um dia, teve a desdita de encontrar o homem que o destino lhe reservava para marido e ouviu essas palavras afetuosas e aparentemente sinceras com que os homens iludem as mulheres. Procurou ele frequentar-lhe a casa, despertando pela sua assiduidade a desconfiança dos pais de Bela, os quais não lhe mostraram boa cara e fizeram sensatas admoestações à filha; mas esta persistiu em atendê-lo, com a cegueira do fatalismo, e desposou-o três anos mais tarde, apesar da viva oposição da família.

No fim de oito dias, já ela se arrependia, medindo a profundidade do abismo onde se despenhara; suspirou, pôs ao ombro o pesado lenho do matrimônio, abafando os queixumes que lhe subiam aos lábios e devorando as lágrimas que lhe escaldavam as faces.

São tão habilidosos os homens que apagam de todo nos corações que os amam os mais veementes afetos. Assim sucedeu entre Arabela e o marido: a grosseria e o bestial ciúme deste último mataram a ternura da pobre moça, infundindo-lhe um rancor que aumentava de dia a dia. Tinha zelos da beleza, da graça e do espírito da mulher, tentava mesmo amesquinhá-la para que ela duvidasse do próprio merecimento e, assim, não visse a distância que os separava. Inútil esforço! Quando Bela se deixava arrastar pelo entusiasmo, falando com judiciosa eloquência, empalidecia ele e zombava:

— És insuportável! Uma preciosa ridícula!

Ao ouvir estas palavras pela primeira vez, chorou a mísera de despeito e tédio; devendo a elevação de seu espírito lisonjear a vaidade do marido, irritava-o apenas, o que demonstrava a pequenez desse néscio que ela se envergonhava de haver escolhido para companheiro.

Para esquecer os pesares inteiramente desse homem que lhe era antípoda, estudou com afinco, auferindo magnífico resultado. Tornara-se-lhe odiosa a casa onde penetrara palpitante de emoção e coroada de flores de laranjeira: fora ali que a ilusão desaparecera para sempre, deixando-a ferida e aniquilada; era ali onde tudo lhe recordava o desmoronamento de sua vida; resolveu, portanto, morar com os pais, cuja presença amenizaria a agrura da sua existência.

Passara o pobre coração por todas as fases em que o amor se extingue: amargura, rancor e, enfim, o tédio, que nada mais acende nem apaga. Para ela, não tinha a vida interesse algum, porque lhe anuviava o presente a sombra daquele homem, fechando-lhe também o futuro e entorpecendo-lhe a alma e o corpo.

II

Deixando o toucador, entrou Bela na sala, onde se achavam alguns parentes e amigos; causou alegria a sua aparição, e todos, pressurosos, apertaram-lhe a nívea mãozinha. Pouco depois, dirigiram-se à sala de jantar, tomando lugar à mesa; a alguma distância do marido estava Bela, tendo a seu lado o dr. Luiz Augusto, médico distinto cujo merecimento se encobria por excessiva modéstia, o que muito o prejudicava nesta sociedade onde o reclamo é tudo.

Tinha ele quarenta e dois anos e uma dessas fisionomias serenas que parecem refletir a calma de impoluta consciência; o bondoso olhar, habituado a encarar as dores do corpo, guardava como que um resquício de compaixão e atraía a confiança. Consolava o enfermo a sua voz pausada e branda, repassada da simpática comiseração do seu espírito forte e paciente, sempre disposto a olvidar os próprios pesares ante o alheio padecimento e ante o dever e a grandeza da sua profissão. Sofria, talvez, mas ninguém poderia precisar o gênero do seu sofrimento, tal era a discrição e a reserva daquele caráter altivo e, ao mesmo tempo, singelo.

Apreciava-o Bela, guiada pelo fino instinto feminil que a levava a adivinhar naquele homem científico um coração sensível, aberto à piedade e capaz de compreender os desgostos que a pungiam.

Não tendo o corpo humano mais segredos para Luiz Augusto, procurou ele também devassar a alma, esse agente ativíssimo, intangível e misterioso contra o qual muitas vezes esbarrara no meio de sábios diagnósticos sobre o mal físico.

Além da apreciação que a beleza e a instrução de Bela lhe inspiravam, prezava-a ele como interessante estudo, em que a crescente curiosidade do psicologista era turvada pela compaixão do homem. Via que a moça caminhava para uma dessas medonhas neuroses em que a alma e o corpo se unem revoltosos, produzindo terríveis explosões de onde surgem crimes.

Foram servidos os primeiros pratos entre esses diálogos frouxos que indicam voraz apetite, animando-se gradualmente a conversa à medida que o estômago se satisfazia, aclarando as ideias e desenrolando as línguas. Cruzavam-se as pilhérias de um lado a outro; ouvindo repetir a apreciação de um caipira sobre o melhor quadro de um dos nossos pintores, Bela acrescentou:

— Creio bem no que me diz, apesar da ignorância do apreciador, porque é inata na criatura a admiração pelo belo.

O marido, que não perdia uma só de suas palavras, perguntou-lhe com revoltante sarcasmo e visível intenção de a rebaixar:

— Em que romance leste esta frase?

Empalideceram todos e olharam para Bela. Corando de leve, agitadas as narinas, cerrou a meio as pálpebras e, soabrindo os lábios nesse riso nervoso com que as mulheres escarnecem, respondeu:

— Foi nos *Grandes néscios*, capítulo XII, página 350.

Mordeu o marido o bigode, teve ímpetos de estrangulá-la e riu convulso com o riso bilioso dos verdugos. Sorriu Bela para seus pais, que conservavam o sobrolho carregado, e para os aquietar, lhes disse:

— Sinto devorador apetite!

Compreendendo Luiz Augusto a dolorosa dissimulação da moça, experimentou irresistível desejo de quebrar uma bengala

II

nas costas daquele marido-lacaio. Em breve todos se ergueram da mesa, tomados de certo enleio e confusão; aproximou-se de Bela a prima Joana, uma refinada intrigante, invejosa, servil, capaz de alterar a paz do próprio céu se, de há muito, a entrada desse recinto não lhe estivesse vedada, e com voz melíflua, disse:

— Pobre Bela! Não faças caso daquele bruto!

Conhecendo-a de longa data, indignou-se a moça ante o fingido consolo, mas, reprimindo-se, replicou secamente:

— São-me de todo indiferentes — ele e seus partidários!

E deu-lhe costas, dirigindo-se ao salão. Joana fez logo uma sábia evolução para se aproximar do marido de Bela, e carinhosa lhe murmurou:

— Primo, não se incomode; Bela gosta muito de mostrar espírito, mas isso nada tem de mau!

Ainda encolerizado, olhou-a de soslaio o grosseirão, mas a fisionomia da megera mostrava tamanha candura que ele caiu no laço, dizendo:

— São insuportáveis as mulheres pretensiosas!

— O que quer? O primo casou com moça bonita e essas rosas têm muitos espinhos! Por que não procurou alguma menos sedutora e mais sensata? — acrescentou, ainda despeitada por ele haver outrora rejeitado as filhas que ela lhe oferecera de mil modos.

— Ora, senhora, agora é tarde demais para pensar nisso! — objetou ele, deixando-a na sala de jantar.

Vendo-se sozinha, sem poder alimentar a perversidade, correu a harpia ao salão onde todos se achavam, procurando ela manter a intriga surda que sabia urdir com extrema perícia, envenenando antigas e devotadas amizades. Por vezes, haviam descoberto a duplicidade da malvada, cujas faces tinham perdido a faculdade de enrubescer e que prosseguia sempre nas mesmas baixezas, cumprindo o seu miserável fadário, sem sequer notar que a desgraça lhe entrava em casa por todos os lados.

Mais tarde, ouvindo distraída uma valsa de Chopin, apoiava-se Bela à sacada, quando Luiz Augusto veio despedir-se.

— Já vai, doutor? — inquiriu ela.

— Tenho que ver um doente; até amanhã. Mas... como... está gelada! É o frio nervoso! — exclamou ele ao apertar-lhe a mão.

— Um dia, ainda a sentirá mais fria, porém, então, já não terão os nervos nenhuma ação sobre mim! — replicou ela amargamente.

— Que pensamentos são esses? Há de viver muito tempo!

— Para quê? Às vezes, apraz-me a ideia da morte: seria um consolo! Se este viver devesse durar sempre, não sei o que faria!

— Acalme-se, Bela! E seus pais, que a adoram?

— É verdade! Mas a quem direi o que sinto, meu amigo, a não ser ao senhor?

— Resignação e juízo! — disse o médico, apertando-lhe a mão com afeto e retirando-se, comovido.

III

Meses depois, conversava Bela com os pais na sala de jantar quando apareceu Arnaldo, rapaz de dezesseis anos, filho da prima Joana, de cujo espírito de intriga era digno e natural herdeiro — em tão tenra idade, já tinha sido estudante de farmácia, caixeiro e conhecera mil indústrias.

Logo de chegada, contou a Bela mais uma vez os boatos que a seu respeito corriam, e referiu novas balelas que acentuavam no público a convicção de ser ela a desonra e o algoz daquele meigo e imaculado cordeiro. Empalideceu Bela, assustando aos pais, que a amparavam, admoestando Arnaldo com severidade. De súbito, sorriu a moça nervosamente e, como que tomando uma resolução suprema, balbuciou:

— Ora! Há males que vêm para bem!

Nesse momento preciso, entrava o marido. Ergueu-se ela impetuosa, fulminando-o com o olhar colérico e bradando:

— Saia desta casa para sempre! Até hoje, tudo suportei estupidamente por vãos preconceitos, mas já que tiveram e têm a indignidade de me acusar, acabou-se, é inútil o meu sacrifício! Saibam todos que fui desgraçadíssima e que doravante não o quero ser!

Ao princípio, atônito, ao depois, lívido e espumando, avançou o marido para ela. Interpôs-se solene o sogro e, indicando a porta, trovejou:

— Saia! E esqueça até o nosso nome! Eu previa esta desgraça quando me opus a tão desastrado casamento, porém, Bela teimou, e eis o resultado! Minha filha não carecerá do senhor; felizmente ainda vivo e sei trabalhar!

O marido de Bela, não estando preparado para esta cena extrema, enfiou, emudecendo alguns instantes. Afinal, tomou o chapéu num arrebatamento desvairado e deixou aquela casa para sempre, vociferando pela escada em despejo de injúrias vis e ameaças de vingança.

Descrever a tristeza que se seguiu no lar de Bela é ocioso. Nos primeiros dias, só se viam aí semblantes anuviados, mudez e solidão. Afinal, os pais de Bela foram os primeiros a experimentar a necessidade de reagir, recebendo visitas e levando a filha a todos os pontos em que se pudesse distrair. Em breve, procurou ela a sociedade e o bulício das festas, aspirando largamente à ideia da sua liberdade e da eterna ausência do antipático semblante que lhe tocara por sorte na aventurosa loteria do matrimônio.

Passou algum tempo tranquila, tendo n'alma a suprema quietação dos grandes desertos, onde a vista se estende desassombrada, refletindo-lhe a rosada face a serenidade do espírito e a calma das noites bem dormidas e isentas de pesadelos. Chegou Luiz Augusto a afagar a esperança de vê-la livre da tremenda neurose que tanto o amedrontara. Sorria satisfeito, vendo-a passar os dias com a mesma serenidade de fisionomia, sem indícios assustadores.

Ia Bela a toda parte, sendo cortejada como todas as mulheres bonitas. Indiferente, escutava as blandícias de uns e de outros, dando àquelas sensaborias o apoucado valor que elas devem ter. Ouvir galanteios mais ou menos estúpidos ou picantes era uma imposição que ela suportava, do mesmo modo que se sujeitava às variantes da moda, ora alargando, ora apertando os vestidos;

III

aumentando ou diminuindo os chapéus; alteando ou baixando as botinas.

* * *

Uma noite, em um baile, depois da valsa, sentiu indizível tédio daqueles semblantes banais que lhe sorriam no fim de todas as frases. Retraiu-se dolorosamente o coração vazio, revoltando-se com a inação em que permanecia; não compreendeu a mísera que estava em uma fase perigosa, e que um incidente qualquer poderia transformar aquela apatia em efervescência.

Adorável no longo vestido de seda cor de opala que lhe descobria o colo e os braços de admirável carnação, refugiou-se em uma saleta, sentando-se no divã, dando costas à porta, vendo-se refletida nos espelhos que a cercavam. Apoiando a cabeça ao espaldar, perdeu o olhar no espaço, em cismas flutuantes, retraçando mil imagens, ora confusas, como em molesto sonho, ora vivas, palpitantes, fortalecidas pelo fogo de sua fértil imaginação.

Às vezes, servia-lhe de ponto de partida a cena comovente de um romance; inconsciente, associava-se àqueles personagens fantásticos, criando novos lances e novo desenlace ao que lera. Agitava-se o coração, acelerava-se o sangue nas artérias, revivendo ela naquelas existências fictícias, cheias de febre e delírio, onde a alma se expandia no sofrimento e na luta.

Soabriu os lábios, aspirou largamente, parecendo-lhe que uma emanação ardente lhe enchia os pulmões, vivificando-os. Meneou a formosa cabeça, murmurando:

— Que loucura! Invento tanta coisa e apaixono-me pelo imaginário! Seria capaz de fazer um romance, de criar para outrem o destino que me quadraria!

Calou-se, caindo em novas divagações, quando sentiu no ombro o contato de uns lábios vívidos que lhe causaram sensação de ferro em brasa. Ruborizada de pejo e indignação, ergueu-se, procurando o insolente que a tanto ousara; empalideceu, deparando com o homem elegante que se conservava de pé, com as mãos cruzadas sobre o claque,[2] tendo os olhos baixos.

— Senhor! — gritou ela, trêmula.

— Perdoe-me! — balbuciou ele, e avançando um passo, com a voz abafada e o olhar ameigado por carinhosos receios, acrescentou: — A minha insensatez deve demonstrar-lhe a impetuosidade do que sinto! Se não me pode absolver, não me repila, ao menos; ouça-me!

Deixou-se Bela cair no divã, paralisada pela emoção, cheia de assombro, quase presa a alma por aquele homem, a quem mal conhecia. Causando-lhe indizíveis temores, fazendo-lhe compreender toda a gravidade do fulminante choque que a abalava, perpassou-lhe pela mente a lembrança dessas impetuosas e súbitas paixões que avassalam na simples troca de um olhar.

Sentiu a mísera que era esse o ente que a fascinaria com o fatal prestígio do amor, e, trêmula, ansiava ouvir as suas palavras, sem a mínima ideia de resistência, de antemão vencida e subjugada. Sentou-se ele a seu lado, pálido, dizendo em voz sumida e ardente:

— Compreende a atração do ímã e o arrastamento magnético? Pois bem, é o que eu sinto! Prática de sociedade, receio do ridículo, tudo se apagou, tudo desapareceu com a sua presença! Vendo-a só nesta sala, impeliu-me o corpo a avidez dos lábios e beijei-a, como me ajoelharia a seus pés, levado pela íntima idolatria! Perdoe-me. Matam a razão os grandes sentimentos, rompendo conveniências sociais e tornando o homem criança! Se soubesse as lutas que hei tido, os desalentos que me prostram e o desespero que às vezes me enlouquece... Se é verdade que nada posso esperar da sua compaixão, nem mesmo um pouco de estima, por Deus, não me prive ao menos de vê-la, sim? Promete?

---

[2]Chapéu que se abre por intermédio de um mecanismo de molas. (N.e.)

III

— Oh! Deixe-me só, peço-lhe... não lhe posso... nem quero responder neste momento! — balbuciou Bela, aflita e simulando, todavia, altivez.

Despediu-se ele, cobrindo de beijos ardentes a mão que ela maquinalmente lhe estendera. Se a criatura tivesse o dom da presciência, poderia assim fugir a tempo de mil desventuras. Em tal caso, procuraria Bela sair do baile, desapareceria para sempre da corte, a fim de nunca mais encontrar aquele homem que acabava de lhe confessar tão veemente afeto.

IV

Chamava-se esse moço Sérgio de Abreu, formara-se em Direito, porém nem seguira a magistratura nem advogava; embrenhara-se pelas tortuosíssimas sendas políticas, procurando seguir as pegadas do pai, que ocupara eminente posição social. Era elegante, inteligente, vaidoso, fazendo das mulheres uma ideia errônea e pouco lisonjeira só porque algumas o haviam amado até a loucura, tomando ele em conta de leviandade e impudor todos aqueles excessos de abnegação.

Tornava-se perigoso, não tanto pelos seus atrativos como pela quase indiferença que sentia junto às suas conquistas, as quais apenas lhe satisfaziam o orgulho, sem lhe encherem o coração egoísta, interesseiro, metódico, medindo os seus carinhos, tendo o segredo de tornar-se desejado e nunca aborrecido.

Chegara da Europa havia pouco, impressionando-se vivamente pela beleza de Bela. Demais, soubera que ninguém poderia gabar-se de tê-la possuído, incitando-o essa circunstância a tentar tão arriscada empresa. Pertencia à falange desses estroinas para quem as dificuldades aumentam o valor do sucesso. Mais se coloriu no seu espírito a imagem realmente formosa da moça em vista dos obstáculos que teria de superar para chegar a ela.

Em uma reunião, foi ele apresentado a Bela, podendo adivinhar, nessa palestra com que se intercala a contradança, a finura daquele espírito delicado, insinuante, ligeiramente sarcástico que tão bem se aliava à melodia da voz grave e contraltina. Prenderam-no àquela mulher, tão diferente das outras, tão única, um vivo interesse, uma sede pelo desconhecido e uma inconsciente elevação d'alma, julgando-se ele deveras apaixonado, coisa que muito o surpreendeu, desgostando-o de algum modo.

Temia o egoísta o império de uma outra vontade sobre o seu espírito, sempre frio e calculista, mesclando-se-lhe um vago sentimento de resistência, uma quase aversão ao encanto dessa linda criatura que lhe agitava o sangue. Dera-lhe precoce experiência o atrito do mundo: sabia que todas as mulheres mais ou menos sofrem da neurose romântica, consistindo o grande meio de prendê-las em ferir-lhes vivamente a imaginação.

Mas se, em geral, era esse um meio eficaz de alcançar vitória, ante o poderoso espírito de Bela seria necessário empregar outros expedientes. E assim o compreendeu Sérgio, passando as noites atribulado, de mau humor, elevando e derrubando castelos, alternativamente rejeitando e aceitando milhares de ardis e de pérfidas combinações.

Decorreram alguns meses nessas indecisões até a noite em que a lobrigou pensativa, longe de todas as vistas, sob a funesta influência das cismas doentias a que era sujeita. Sentindo ele uma onda de sangue invadir-lhe o cérebro e calculando que, às vezes, a ousadia e a violência obtêm no amor grandes resultados, resolveu utilizar-se dessa extremidade, confiando também na estrela dos aventureiros; e, pois, correu à moça, beijou-lhe a nevada espádua, pálido de ansiedade, aguardando a sua sentença.

Ao vê-lo, sentira a mísera a fascinação do abismo, não tendo forças para recuar nem para expulsá-lo de sua presença. Achava-o insolente a sua razão vacilante, mas absolviam-no a vaidade mulheril e o despontar de veemente afeto, tomando a ousadia pelo irresistível impulso de voraz paixão.

IV

Artista emérito, compreendeu Sérgio o que ela experimentava e exultou de prazer, saboreando de antemão todas as delícias de próximo triunfo; mas, desde aquele momento, baixara Bela em seu conceito, porque se nivelara às outras mulheres e, humanizando-se, perdera todo o prestígio. Oh! Se lhe fosse dado adivinhar o que ele pensava a seu respeito, talvez ainda pudesse fugir, aguilhoada pelo orgulho e pelo desprezo!

Depois de ouvi-lo, ficara na saleta, pálida, trêmula, sentindo no seio o embate de mil sentimentos contrários que se chocavam, esfacelando-se uns aos outros, predominando, por fim, o amor, despido de todos os escrúpulos.

— Meu Deus! Eu o amo! — balbuciou ela.

Abateu-lhe o semblante infinda tristeza, enchendo-lhe a alma, isolando-a no meio do bulício. Impressionou-a dolorosamente a música, a ponto de fazê-la chorar. E dizem que o amor é a suprema ventura! Um sentimento tão pungente que desabrocha orvalhado de lágrimas, extinguindo-se muitas vezes na agrura do ódio ou no gelo da indiferença! Fatigada, receando encontrar a Sérgio, retirou-se, pretextando ligeiro incômodo. Entrou em casa silenciosa e presa à fatal imagem daquele homem, que desejava apenas a sua posse.

V

Dias depois, começou o dr. Luiz Augusto a observar a atitude da moça para devassar-lhe o segredo que a minava, abatendo-lhe o semblante, provocando-lhe febris movimentos e mórbidas prostrações. Traíram de Bela o afeto os olhos cativos quando se fitaram em Sérgio. Fino conhecedor de homens, lastimou-a o médico pela desastrada preferência concedida ao dândi[3] vaidoso e vazio de sentimentos.

Atravessou ela todas as lutas do pudor e da consciência, todos esses recatados escrúpulos d'alma e até as revoltas do orgulho, mas crescia a paixão, incitada pela desesperada resistência da mísera criatura, sendo, afinal, vencida a virtude pelo amor. Ignorando a sinistra verdade destas palavras — "o abismo atrai o abismo" —, despenhou-se na culpa, que se assemelha a íngreme desfiladeiro cheio de ímã, onde o crime atrai o crime em fatal vertigem e sem descanso.

Durou um ano aquela agonia. Morderam-lhe o seio em venenosas dentadas, como sibilantes serpentes, a ternura, a dignidade e o ciúme, deixando-a desalentada, incapaz de repelir o homem

---

[3]Indivíduo que se veste e comporta com elegância para impressionar.

de cuja fidelidade duvidava, e também sem forças de conhecer a fundo toda a sua desventura.

Desesperada, receando os desalentos da amargura, teimou em conservar nos olhos lacrimosos a venda que tenuemente lhe encobria as perfídias do amante. Às suas queixas, opôs Sérgio, ao princípio, férvidos protestos; pouco a pouco, porém, irritaram--no aquelas lágrimas, não dissimulando ele ligeiro enfado. Então, sufocou a moça os acerbos lamentos, manifestando a humilhante covardia dos grandes afetos que tudo suportam, menos a ideia de perder o coração, que, no entanto, já de todo os abandonara!

* * *

Há no mundo criaturas semelhantes aos abutres, que cevam a sua voracidade aos gritos da vítima palpitante e despedaçada. Um dia, encontrou Bela um desses monstros na pessoa de um desalmado que a cortejava havia algum tempo, com pertinácia e ridículos manejos. Concebeu esse homem por ela uma dessas paixões impetuosas que arrastam a todos os desvarios. Adivinhando a ligação da moça e de Sérgio, espreitou o amante a fim de vingar-se ou, talvez, de se aproximar de Bela. Serviu plenamente a deslealdade de Sérgio à animosidade do espião, que em breve lhe conheceu o Ativer, acompanhando-o nas orgias. Mais encorajado, fez o miserável à moça uma declaração em regra, a que ela opôs desdenhoso silêncio, dando-lhe costas. Irritou-se ele, dizendo:

— Se a senhora soubesse com quem Sérgio a atraiçoa, talvez não me desprezasse tanto!

Só as primeiras palavras ouviu Bela, sem mesmo notar a insolência das últimas. Empalideceu, bradando, convulsa:

— O senhor é um miserável! Para que calunia?

— Posso provar o que assevero! — disse ele. — Se quiser, hoje à noite, poderá verificar se minto!

Apoiou-se ela à cadeira, dizendo, fremente:

— Pois bem! Quero ver!

V

— À meia noite, esperá-la-ei à porta do Araújo, no Campo da Aclamação.

Depois da saída desse vilão, caiu Bela no divã, chorando a deslealdade do homem tão ternamente amado e compreendendo só então a insensatez do passo que tencionava dar. Porém, já era tarde para recuar, e, demais, preferia todo o horror da decepção às angústias da incerteza.

À hora aprazada, embuçada em denso véu negro, apeou-se à porta, onde o delator lhe tomou a mão gelada, conduzindo-a a uma alcova com portas envidraçadas, recebendo a claridade do próximo salão, iluminado, ruidoso, cheio de convivas excitados pelo estourar das rolhas.

A tremer, ergueu Bela a ponta da cortina, mas o olhar anuviado nada pôde perceber. Cerrou ela as pálpebras, indignando-se contra a própria fraqueza, e olhou de novo. À cabeceira, lá estava Sérgio, belo de afoitamento, enrubescido pelo calor e pelos efeitos da ceia, falando baixinho a uma loira roliça, de lábios pintados, e sorrindo-lhe de tal modo que o rubor tingiu as pálidas faces de Bela.

Com a segurança e a minuciosidade que as mulheres possuem para apanhar em um relance os encantos e os defeitos das rivais, mirou ela a cortesã distinguida pelo amante, e sentiu-se humilhada. Nada valia a outra, e nem mesmo na estética tinha ele uma desculpa.

Sentiu Bela no coração uma espécie de ruptura e comprimiu o dorido seio com as mãos convulsas; saiu-lhe da garganta medonho soluço, experimentando ela essa dor ostensiva, quase impudica, que necessita da piedade universal e é capaz de estorcer-se em pungente volúpia aos apupos da multidão desenfreada.

Tem duas fases o extremo sofrimento: a do recato em que o paciente sorri, ocultando o padecer, encarando a curiosidade como um sacrilégio; e a do cinismo, em que se alardeia todo o fel tragado, todas as lágrimas, todos os soluços, com sorriso cáustico, eivado da acidez de mil pesares.

LÉSBIA

Deu ela volta ao trinco da porta e ia entrar na sala com andar de espectro, em desalinho emergindo-lhe a formosa cabeça das rendas sombrias do véu que lhe caíra sobre os ombros, destacando-se das roupas em marmórea brancura o lívido semblante. As risadas das cortesãs envergonharam-na. Traçou o véu espesso e, nele se ocultando, apresentou-se de pé à porta, como uma visão funesta, impondo silêncio àquelas bocas avinhadas, surpreendendo aqueles espíritos conturbados pelo álcool. Caminhou a custo e um minuto apoiou-se à cadeira fronteira a Sérgio, cravando-lhe o olhar ardente, febril, cheio de censuras e maldições.

Tendo-a perfeitamente reconhecido, ficou ele confuso. Temia falar e comprometê-la. Baixou as pálpebras, erguendo pouco depois a vista, irresistivelmente atraído pela pungente aparição. Desaparecera no corredor a graciosa imagem, ouvindo-se daí a pouco o rodar do carro que a levava.

Dissimulou o dândi a sua contrariedade porque desejaria conciliar as extravagâncias com o afeto daquela criatura que lhe satisfazia a vaidade. Despeitado, levou a indignidade a ponto de dar a perceber um outro motivo à presença de Bela naquela casa, mas a todos os convivas ocultou o nome da amante. Aceitaram-lhe a pérfida insinuação os miseráveis que o rodeavam, pactuando com tamanha infâmia o próprio delator, tão audaz em atraiçoar, porém muito covarde para lutar face a face com outro homem. Não de todo embotada pelo vício, uma das degradadas presentes murmurou:

— Pois eu lhes asseguro que preferia passar dois dias sem comer a sofrer o que aquela mulher padece!

Apesar dos esforços dos convivas para reatar a interrompida alegria da ceia, invadira-os igualmente um certo mal-estar: permaneciam os copos sobre a mesa, afrouxava-se a conversação, e o ambiente, como que saturado de amargura, oprimia os seios, dificultando a respiração. Pouco depois, dissolveu-se a festiva companhia com geral desagrado.

VI

Um mês mais tarde, muito pálida, achava-se Bela no jardim, deitada em uma cadeira preguiçosa, com as pálpebras semicerradas, em uma espécie de sonolência, onde se confundiam os objetos palpáveis com as sombras do seu efetivo cismar. Naquela noite fatal, convencendo-se da perfídia de Sérgio, chegara ela à casa febril e tivera violento acesso cerebral, combatido com energia pelo dr. Luiz Augusto. Depois de renhida luta com a natureza, saiu o médico triunfante, tendo a alegria de anunciar aos aflitos pais a salvação da filha.

Escapara ela, é certo, mas à medida que a saúde lhe avigorava o corpo, também sentia reviver a amargura de seus pesares, alquebrando-lhe a alma prostração imensa. Lastimava não haver morrido: o que lhe reservaria essa vida que a invadia, depois de tamanho golpe? Novos embates, novas provações? Mais valeria selar-lhe o termo com aquela desoladora decepção!

Perpassavam-lhe essas tristes ideias pela mente ainda enfraquecida, enquanto se prendiam os ouvidos ao gorjeio dos passarinhos, ao estalido dos galhos secos, ao brando cair das folhas, seguindo também os olhos amortecidos o adejo das borboletas e as nuvens de formas esquisitas que se estampavam na azulada abóbada.

Ressurgira a alma com as suas dores, sangrando nos mesmos lugares, sem que o tempo lhe atenuasse o sofrimento, mas sorvia a seiva em largos haustos a matéria brutalmente egoísta, tratando de se fortificar para depois associar-se de novo à sua congênita e sensível companheira.

Rangeu a areia sob o passo cauteloso do dr. Luiz Augusto, que se aproximou da moça, contemplando-a com afeto. Com o pálido sorriso dos convalescentes, abriu ela as pesadas pálpebras, estendendo-lhe a mão emagrecida.

— Então, como se sente hoje? — inquiriu ele, tomando-lhe o pulso.

— O mesmo que ontem — murmurou ela.

Envolveu-a o médico em um olhar de sincera comiseração, dizendo:

— Pobre Bela! Não era preferível aquele marasmo dos primeiros tempos aos embates de uma paixão desabrida? Mil vezes a atonia que embrutece e esteriliza do que o fervilhar do amor, que tudo queima e assola! Míseras mulheres, tomam muito ao sério esses impulsos d'alma, sacrificando-se pelos homens que nada merecem!

— Em geral, assim é, porém ainda há exceções que honram a espécie, e o doutor é uma delas! — ponderou a moça.

Perturbou-se o médico, soltou profundo suspiro e, um tanto pensativo, como a evocar o passado, disse:

— Quem sabe? Não se fie em aparências! Nesse ponto, não tenho a consciência de todo desanuviada!

Afagava a moça o pelo sedoso e níveo da cachorrinha que lhe saltara ao colo, fitando-lhe os grandes olhos negros, cheios de afeto e de gostoso bem-estar.

— Doutor, por que não me deixou morrer? — inquiriu ela, triste. — Talvez um dia eu o amaldiçoe por me haver salvado! De que me serve esta vida, se eu me sinto moralmente morta e incapaz de um desejo, de um projeto, de uma esperança, do que, enfim, deve constituir a existência?

VI

— E seus pais, Bela? Demais, merecerá tamanho desespero esse ente que não soube apreciá-la, ou quererá você, com o seu desalento, ainda satisfazer-lhe a insaciável vaidade? Não, minha filha, arranque do seu coração essa lembrança como se enxota um lacaio insolente!

Esperava o médico o rubor do amor-próprio ofendido, a revolta pela recente humilhação, um desses gritos de cólera com que a mulher apaga um passado inteiro de agonias, porém Bela, aniquilada, tomou-lhe a mão, balbuciando:

— Se algum dia amou ou sentiu coisa semelhante ao que em mim se passa, deve compreender que só o tempo ou um grave incidente poderá matar ou atenuar este. Peço-lhe que não me fale mais sobre este assunto e adeus por hoje!

Apertou-lhe o doutor a mão fria e trêmula, saindo, comovido. Pendeu ela a fronte, chorando convulsa em doridos soluços. De repente, sentiu um contato macio e tépido passando-lhe pelo pescoço, pelos pulsos, pelos dedos. Descobriu o rosto e olhou. Era a cachorrinha que ficara em dois pés, pousando-lhe nos ombros as patinhas dianteiras, afagando-a, lambendo-lhe as lágrimas, cravando-lhe o olhar aflito em muda interrogação. Em fervoroso amplexo, como se fora uma criança, apertou-a Bela ao seio, sentindo-se grata ao animalzinho que a consolava a seu modo.

— Também me lastimas, não é, Juriti? — dizia ela, tornando-se pueril como todos que sofrem e amimando a cachorrinha.

Sentado como pessoa sensata, ouvia o lindo bichinho as palavras da moça, movendo o focinho rosado como se aspirasse a tristeza da queixosa dona.

VII

Ao terminar a convalescença, era Bela presa de profunda melancolia, eivada de acerbo despeito e cruéis desilusões. Sorria a mísera com amargura, medindo a intensidade do seu malfadado afeto pelo imenso vácuo que lhe enchia a alma esterilizada, morta a todo o impulso.

Ainda pálida e abatida, procurou distrair-se, prender-se a qualquer coisa a fim de fugir a si mesma, isto é, à dolorosa lembrança desse passado tão recente que a ferira de modo bárbaro. Mas é tão difícil esquecer o que de contínuo evocamos...

Como distintivo de raça, possuem os entes superiores um fundo de energia que lhes avigora o natural, embora apaixonado e terno; por isso, depois dos primeiros choques, experimentou ela veementes desejos de rebelião contra o marasmo que a invadira. Sentindo o coração ainda fraco, pediu ao luminoso espírito a força que subjugasse o próprio ressentimento, aliás, tão difícil de vencer. E seria isso inexequível! Indignada por não poder resolver esse problema que tanto a interessava, dirigiu-se à biblioteca paterna e, ao acaso, para dissipar o mau humor, tomou um livrinho — *Máximas de Epicteto* —, percorrendo-o durante algum tempo.

De repente, enrubesceu de satisfação e sorriu, lendo em voz alta o seguinte:

> Neste mundo, há coisas que de nós dependem e outras alheias à nossa vontade. As que de nós dependem são: nossas opiniões, nossos movimentos, nossos desejos, nossas inclinações, nossas aversões; em uma palavra, todas as nossas ações. As que não dependem de nós são: o corpo, os bens, a reputação, as dignidades; em uma palavra, todas as coisas que não estão no número de nossas ações.

— É assim mesmo! — murmurou ela. — Eu pressentia tudo isso, mas não sabia determinar o meu pensamento; auxiliada pelo filósofo, distingo perfeitamente a diferença latente que existe entre essas coisas, que, no entanto, à primeira vista, se confundem! O sentimento ou, por outra, o pesar depende da nossa vontade, da nossa covardia em o aceitarmos sem prévia oposição, deixando-nos subjugar com a estúpida passividade do fatalismo! Não! Eu saberei vencer o que tanto me oprime porque sei querer e hei de triunfar!

Largo tempo, abismou-se a moça em cismas, refletindo seu mimoso semblante as íntimas emoções, tomando mesmo uma atitude resoluta que lhe dava uns ares régios, inteiramente conformes à gentileza do seu todo. Evocou depois o passado inteiro, retraçando com fidelidade as fugitivas alegrias e os permanentes receios. A essas dolorosas lembranças, seu rosto como que se fanara, justificando, assim, a acertada observação de Chénier, quando diz que a tristeza encarquilha como o tempo e que os amantes desgraçados em um dia envelhecem.

Tanta imagem impalpável adejou em torno de suas recordações! Aos poucos, em sua exaltada fantasia, consubstanciaram-se mil fatos e mil devaneios, formando um conjunto onde a ação se desenvolvia em comovente drama. Com o olhar brilhante, a boca soaberta, a fronte altiva, ergueu a moça o busto, murmurando, como se respondesse a íntima dúvida:

VII

— E por que não escreverei tudo que me vem à mente? Acaso sofreram mais do que eu os que escrevem? Talvez, nem tanto! Possuem talento, é certo, são atraídos pelas fulgurações do ideal e do belo, necessitam de aplausos, anseiam pelas dilacerações dessa engrenagem que se chama vida literária, mas, como eu, sentem seguramente o ardente desejo de vazar no papel essas lágrimas que não podem mais correr dos olhos requeimados e os gritos de angústia que sufocam! Eles têm um fim, miram um resultado qualquer, e eu só ambiciono desabafar o peito opresso! Para eles, tudo — os risos do triunfo, as emoções da luta e as lágrimas acrimoniosas; para mim — a quietação do desafogo!

Depois de breve pausa, com mordente ironia, acrescentou:

— E, quem sabe?, talvez me embrenhe nas sendas tortuosas das letras em busca desse pássaro azul de asas chamejantes denominado glória! Insensata! A glória, como bem disse Lermontof, é o sucesso dos que são hábeis, e eu nem mesmo soube ser feliz! Procurei não prender-me a vãs quimeras, trabalhando para meu próprio consolo! Demais, poderia a apreciação pública compensar meus sofrimentos, minhas desilusões? Não! Então de que me serviria? Escreverei para mim unicamente, evitando, assim, qualquer mau êxito que me irritaria, aumentando-me os pesares!

Transfigurada, dirigiu-se Bela ao seu toucador de mulher faceira, até então voltado ao *far niente*, e, dali em diante, transformado em gabinete de estudo.

Diz Sainte-Beuve que há no mundo momentos extraordinários em que uma nação extenuada, agonizante durante anos, durante meios séculos, desejando um estado melhor, volta-se com ardor para a ordem, o repouso e a salvação, em uma espécie de conspiração social, violenta, universal.

O mesmo se dava com a moça: permanecera muito tempo presa à sua má escolha, sujeita a mesquinhos preconceitos, devorando as lágrimas e os desalentos. Depois, seguira o impulso ingênito da alma, em magnética atração, amando com loucura um ser vulgar e egoísta, abafando suas queixas, temendo averiguar pressentidas deslealdades. Mais tarde, em vista de pérfida insinuação, certificara-se da infidelidade do amante, banira-o do coração, chorando seu menosprezado afeto e caindo no marasmo das grandes decepções. Fixou-lhe o triste devanear a necessidade de expansão, impelindo-a a escrever para reviver agitações e dores, operando violenta revolução moral, de onde surgiria essa serenidade de ânimo que aceita os fatos consumados e que é tão salutar e tão difícil de obter.

VIII

om ardor, entregou-se Bela ao estudo. À medida que as ideias lhe acudiam à mente, escrevia, sentindo amarga volúpia em evocar essa vida que fora sua e esses tormentos que a haviam convulsionado em lancinante desespero. Na minuciosa investigação do passado, reabriram-se todas as chagas d'alma, repetindo ela o verso de Tasso: "Amor, cruel amor, teus pesares e tuas doçuras são igualmente funestos, e os mortais sempre sucumbem ou aos teus males ou aos teus remédios!"

Meses depois, terminava o romance, intitulando-o *História de uma paixão*. Trêmula, corada de emoção, leu-o aos pais, que sorriram desvanecidos, com os olhos úmidos e a vaidade docemente embalada pela superioridade da filha. Com ternura a beijaram, elogiando-a, elevando-a ao sétimo céu, na adorável presunção paterna, sempre disposta a duplicar o mérito filial e a associar-se a esperanças, muitas vezes infundadas.

Com admirável critério, pôs Bela de parte o que havia de excessivo na apreciação dos seus progenitores, desejando um juízo mais desapaixonado que lhe servisse de incentivo, dirigindo-a convenientemente. Lembrou-se do dr. Luiz Augusto, esperando-o nesse dia com impaciência. Ao avistá-lo, correu-lhe ao encontro, dizendo:

— Como me acha?

— Muito animada e talvez um tanto febril. O que tem?

— Nada de inquietador; apenas desejo que leia este meu trabalho, dizendo-me a sua opinião com toda a franqueza.

Tomou Luiz Augusto o caderno que ela lhe apresentava, acrescentando, a sorrir:

— É uma nova fantasia? Prefiro as deste gênero, porque lhe serão menos prejudiciais. Direi a minha humilde opinião, pois sou muito fraco em literatura. De há muito só leio livros de medicina. No entanto, segundo a asserção de Arsène Houssaye, pelo todo da autora, desde já posso afirmar que a obra é um primor!

Com felina meiguice, apertou-lhe ela a mão.

— Lisonjeiro! Vá embora e só me apareça quando tiver lido esse martirológio, ouviu?

Com benevolência, sorriu o médico, retirando-se e deixando-a entregue à receosa incerteza dessa primeira prova em que os escritores experimentam, além de mil ansiedades, o vago terror de quem expõe o filho d'alma aos azares do mundo. Muito agitada, cruzava ela o toucador de um extremo ao outro, ora desanimada, ora confortada pela audaz segurança na infalível intuição de manter no seio o fogo sagrado.

Três dias depois, apresentou-se o doutor. Sequiosa por uma palavra, via-se Bela forçada a esperar que importunas e banais visitas lhe dessem tempo para falar ao médico. Libertando-se, afinal, das tagarelas, chegou-se a Luiz Augusto, um tanto tímida, inquirindo:

— E, então?

Tomou ele um ar grave, quase triste, tirou do bolso o manuscrito e disse:

— Pobre Bela! Muito deve ter sofrido para conseguir comover tanto! O seu escrito incomoda e magoa como os gritos de uma dor intolerável! Não sou homem de letras, não sei analisar o seu trabalho no ponto de vista literário, mas, como observador das coisas humanas, acho-lhe palpitante veracidade. Além disso,

VIII

amolda-se o estilo dúctil, elegante, feminil, a todas as imagens, como rosado *maillot* a graciosos contornos. Enfim, escrevem os outros com a cabeça, e você, com o coração. Pode-se aplicar o verso de Musset: "Ah! Frappe-toi le cœur, c'est qu'est le génie!"[4]

— Pensa, então, que os grandes pensamentos saem do coração! Pois, caro amigo, agradeço-lhe muitíssimo a paciência com que leu as minhas lamúrias e alenta-me a sua opinião, lisonjeando--me. Enternecer o leitor é prendê-lo, constituindo esse resultado um pequeno triunfo. Sinto-me, portanto, de todo paga do meu labor e afagada por sedutora esperança. Obrigada! — repetiu ela, abraçando o médico, que a estreitou com efusão.

— Bela, não imagina em que cordas tocou o seu romance! Mil recordações dolorosas, recalcadas n'alma, despertaram atônitas como um bando de pássaros feridos! Com as suas tormentas e agonias, reviveu a minha mocidade, fazendo sangrar cicatrizes mal fechadas e agitando de novo um coração já embotado pelo atrito do mundo! — disse o médico, fitando o horizonte e engol-fando-se na lembrança do passado.

Olhou-o compassiva a moça, murmurando:

— Perdoe-me havê-lo magoado involuntariamente. Se adivi-nhasse, poupar-lhe-ia esse desgosto.

Não parecia Luiz Augusto o mesmo homem; perdera a firmeza que lhe era peculiar, estampando-se alguma coisa de suave em seu semblante, de ordinário, grave e imperturbável.

— As lágrimas têm também a sua volúpia — não tenha, pois, escrúpulos! O que fora a vida sem a lembrança, embora morti-ficante e cáustica? Um dia sem precedente, um crepúsculo sem aurora, enfim, um desequilíbrio moral. Essa faculdade do cérebro é providencial consolo; se não atenua uma falta irreparável que se transforma em remorso, ao menos, pela reminiscência, aviva também os sofrimentos do culpado, resgatando muitos erros

---

[4] "Ah! Bata no coração, eis aí o gênio!"

pelo tardio arrependimento! Tenho em minha vida uma página sombria, um momento de imperdoável fraqueza, em que faltei à fé jurada, vencido pelas lágrimas de minha mãe, impelindo, assim, uma pobre mulher ao desvario e à insensatez de aviltante represália! Eu, o criminoso, vivo conceituado, e ela, a vítima, desapareceu no lodo! No entanto, ela merece piedade, e eu, exprobrações! O seu romance, Bela, é um grito de maldições e tem muitas cenas semelhantes a outras em que fui triste protagonista, por isso me incomodou tanto. E tudo isso passou! Minha juventude não existe, morreu, se bem que eu ainda viva!

Erguendo-se, sacudiu a fronte, como se afugentasse importunas ideias e acrescentou, sorrindo com tristeza:

— Adeus! Quanto à sua tendência literária, repetirei o grito de Byron: "Away! Away!"

Com a vista seguiu-o Bela, enternecida pela explosão de tamanho pesar contido no seio desse homem apaixonado e, na superfície, revestido de convencional ceticismo.

IX

Depois de ouvir o juízo de Luiz Augusto, experimentou Bela imperiosa necessidade de saber se deveras merecia o seu trabalho alguma atenção: enviou o romance ao redator-chefe de uma folha conservadora. Aceitou-o o literato, inserindo-o no rodapé do jornal, duvidando de que essa produção fosse devida a uma pena feminina, como se depreendia do pseudônimo — Lésbia — que o firmava e da asseveração de quem o entregara.

Pouco depois, apresentou-se a autora na sala da redação, sorrindo satisfeita aos encômios do letrado e sentindo ímpetos de abraçá-lo pelas animadoras palavras que lhe dirigiu. Seria esse homem um dos poucos que ela encontraria na vida isento de preconceitos, amigo do progresso e do estudo, avaliando devidamente os esforços dos que convivem com as musas, ambicionando glória e renome. Levou ele a boa vontade a ponto de lhe pedir que escrevesse folhetins semanais, ao que ela se negou a princípio, mas tanto insistiu o estimável chefe que Bela anuiu.

A pé voltou à casa, monologando pelas ruas, alheia ao que a cercava, devorada pela febre da esperança, abafando os temores de neófita e fatalmente arrastada para a engrenagem literária, onde suportaria a endentação de mil dissabores. Já era muito tarde para refletir ou retroceder; seguiria o seu destino.

LÉSBIA

Sedenta de luz, fascinada pelo infinito, sôfrega volitou a incauta falena pelas irisadas alturas, esquecida do paul, sem recear perder as asas tão frágeis que a elevavam da terra.

Escrevia Lésbia com finura, de modo afidalgado, como verdadeira descendente dos Távoras, patenteando, assim, a sua nobre procedência nas mimosas impressões e nas suaves melancolias do seu alevantado espírito. Recendiam seus versos no estilo Coppée, e seus folhetins, o longínquo e tépido perfume de flores fanadas por ardentes lágrimas, encantando e enternecendo conjuntamente.

Dirigiram-lhe alguns jovens entusiastas sinceras felicitações, fazendo-a, por isso, encarar como virente e brando declive semeado de bobinas essa carreira que lhe diziam tão escabrosa. Muitas vezes, ao entrar na redação, encontrou à porta uns valdevinos, mal amanhados, talvez empregados da casa, que a fitavam com o impudente sorriso dos que desconhecem a dignidade e o decoro. Adivinhou Lésbia a torpeza de seus pensamentos, viu que eles interpretavam com malignidade as suas palestras com o chefe e indignou-se.

Embora provocado por criaturas tão ínfimas, foi esse dissabor o começo de milhares de contrariedades que ela depararia a cada passo, já por ser jovem e bonita, já por querer afastar-se do comum das mulheres, dedicando-se às letras. Não só o espírito brasileiro ainda se acha muito eivado de preconceitos, como também a maioria dos homens não vê com bons olhos essa emancipação da mulher pelo estudo e pela independência de opiniões. Em parte, têm razão esses leões sem garras: se todas as mulheres se conflagrassem, elevando-se pela instrução, movidas pela ambição, copiando-lhes os defeitos e os móveis, passariam eles um mau quarto de hora. Mas nada receiem; a mulher ama e não calcula, desvive-se no carinho e no afeto e não ambiciona; portanto, será sempre a mais fraca.

Pouco tempo escreveu ela para o jornal conservador: de há muito vira-se ele votado ao ostracismo pela ascensão do partido liberal. Depois da desaparição da folha, continuou Lésbia

XIX

a compor novos romances e poemetos, estudando com ardor e aguardando ensejo de imprimi-los em livros, o que demandava alguma reflexão e economia.

Um tanto fatigada pelo aturado trabalho, procurou na sociedade uma diversão, embora monótona, em que afrouxasse a contenção de espírito, entretendo-o com a observação das misérias e ridículos humanos. Desse modo, ainda estudaria fazendo análises *in anima vili*,[5] que deleitam muito mais do que seguir deduções difíceis, em que o escritor cria, aperfeiçoa, completa um tipo, um caráter ou um grande sentimento, ora talhando afoitamente, ora cinzelando com delicadeza esses nadas gentis que se poderiam denominar os infinitamente pequenos da arte.

Dirigiu-se Bela a um baile em busca de sensações. Ao entrar no salão, fez-se esse silêncio significativo que anuncia a presença de uma mulher bonita, passando ela serena sob aqueles olhares impregnados de inveja e de lascívia que lhe miravam as formas esculturais. Segundo a opinião de Feuillet, possuía ela esse gênero de beleza que não fala aos melhores instintos do homem, mas que em todos encontra um adorador.

Na indefinível languidez, nos primorosos contornos, no enigmático sorriso, parecia encerrar o segredo de inconcebíveis amores. Pertencia ao número dessas mulheres das quais o homem não suporta a ideia de ser somente amigo, e cuja posse se torna infrene desejo ou amarga saudade a sobreviver até a morte.

Não tinham cor fixa os olhos enormes, fosforescentes, atraindo magneticamente com a fascinação dos abismos. Sorria, às vezes, de modo sombrio a boca sarcástica, sibilina, passando-lhe pelos lábios a voz sonora como misteriosa vibração saída de uma rosa, causando estranha emoção.

Pouco depois, adejaram-lhe em torno seus adoradores, semelhantes aos zangões ao redor da colmeia, dirigindo-lhe um velho

---

[5]Latim: "Em animais" (experiência científica). (N.e.)

desfrutável uns galanteios antediluvianos, falando-lhe em coisas ideais, ele, que todos os dias se chafurdava nos maiores prosaísmos.

Naquele momento, ambicionou a interessante criatura a legendária fealdade das harpias e a estupidez das toupeiras. Experimentou mesmo quebrantamento de ânimo e um começo desse tédio precursor do sono quando lhe apresentaram o dr. Castro, um sujeito esguio, com olhar insolente de uma corneta de regimento, mostrando no crânio o entrelaçamento de protu-berâncias, indicando as mais contraditórias propensões e ofe-recendo curiosa observação frenológica. Sentou-se junto a ela, encetando uma conversação em termos equívocos, intercalados de expressões vulgares, mas com certo chiste.

Desconhecia Bela aquele gênero; portanto, procurou estudá--lo. Demais, ouvindo-o depois dos outros néscios, julgou-o mais atilado e prestou-lhe alguma atenção, afazendo-se em pouco àquela linguagem picante.

Às quatro horas da madrugada, retirou-se ela fatigada e indi-ferente, ao passo que ele levava no cérebro a sedutora imagem daquela moça em quem encontrara um espírito fino e cultivado como até então nunca vira. Adotara esse homem por princípio usar de todos os meios a fim de obter os favores das mulheres, no que, em desabono do amável sexo, não deixava de ter alguma razão.

X

Seis meses depois, era esse entusiasta o maior inimigo de Bela. E por quê? Ora! É tão fácil adivinhar a causa desses grandes rancores masculinos, sucedendo de repente a fervorosos louvores e delicadas atenções! Só o despeito, cego e vil, opera mutações dessa ordem, amesquinhando a alma e a razão, envenenando a palavra, tornando o homem uma besta-fera consciente.

É um monstro de orgulho o rei da criação, esse miserável bípede, sujeito à miséria, à dor e à morte, encerrando no frágil tórax o mais sórdido egoísmo a par de insensatas vaidades e tolos preconceitos. Tomando muito ao sério a sua realeza sobre os outros seres, refere tudo a si, exige constantes zumbaias, esquecendo que a sua superioridade apenas consiste na inteligência ou, por outra, na faculdade de dissimular e de maquinar, dosando, assim, a sua perversidade.

Na maioria dos homens, o amor, esse sentimento que parece tão sublime, não passa de uma partícula de orgulho em serviço do coração. Desde o momento em que a vaidade deixa de ser alimentada, desaparece o pretenso afeto, deixando bem patentes a vilania de mentidos protestos e a ausência de todo o cavalheirismo.

E apesar da luva de pelica e dos crachás que lhe cobrem o peito, sob o figurão aparece desprezível lacaio. É a elevação dos sentimentos que forma a individualidade de cada um, e não a posição social ou favores bem ou mal dispensados. De todas as librés,[6] é a baixeza d'alma a mais abjeta e a mais perniciosa porque, sendo invisível, ninguém pode evitar-lhe o contato.

Em breve, soube a moça que o dr. Castro propalava *urbi et orbi*[7] mil infâmias e calúnias a seu respeito, tentando perdê-la no conceito de outros miseráveis como ele, sem mesmo notar, o néscio, que os alegrava pela perspectiva de realizar incubados desejos. Era esse cidadão chefe de família, desperdiçara a herança da mulher, tinha uma filha e não temia que um dia ela sofresse pelas faltas paternas, pois que, tanta vez, paga o justo pelo pecador.

Mas, embora lhe passasse semelhante ideia pela mente, nem assim poria um dique à ferina linguagem contra essa mulher que nem dele se lembrava. Uma feita, uma dessas oficiosas que se intitulam amigas contou a Bela várias invectivas de Castro; sorriu a linda criatura, respondendo:

— Minha cara, satisfaz-me pensar que ele tem uma filha, não de todo feia, e que vivemos na muito heroica cidade de São Sebastião do Rio de Janeiro. Quando se tem na família as pústulas que ele possui, tenta-se sempre repartir mazelas com o próximo, mas é baldado intento; cada qual conserva o que lhe é próprio.

Sentiu-se despeitada a pressurosa amiga pela indiferença da moça. Perdera a víbora esse bote, mordendo em um coração revestido de absoluto desprezo. Quantas vezes, na rua, encontrou Bela o esguio despeitado, fitando-lhe o olhar de fauno, enquanto, sem vê-lo, passava ela como os míopes junto aos charcos. Nesses momentos, sorria no íntimo, lembrando-se do tédio que ele lhe inspirara outrora, dos gestos de enfado que nem mesmo tentara disfarçar, e os quais ele percebera, apesar do excessivo amor-próprio.

---

[6]Vestimenta pomposa; aparência. (N.e.)
[7]Latim: "À cidade e ao mundo." (N.e.)

X

Indizível satisfação experimentava a felina criatura, evocando aquela fisionomia consternada que a fitava em nojenta submissão porque ainda a desejava, transformando-se mais tarde em horrenda visagem, quando a cólera e o despeito o convulsionaram. Lembrou-se também do dia em que, não podendo mais sufocar o aborrecimento, mostrou-lhe a porta, ordenando-lhe que saísse. Oh! Que desafogo! Que alegria por infligir-lhe em humilhação o que ele lhe dera em tédio e repulsão!

Sabia perfeitamente que daquele miserável, até então cativo submisso, surgiria implacável inimigo, sedento de vingança, porém, que lhe importava tudo isso, se estava livre dele e era esse todo o seu empenho? Demais, votara-se ao estudo; não tinha muito tempo para exercer essas banais intrigas mundanas que a enfastiavam, deixando-lhe impressões enfadonhas e vazias de saudade.

Prosternaram-se ante ela muitos homens, dando-lhe beijos, lágrimas, perfídias e protestos. Com o mesmo sorriso sarcástico, eivado de desprezo e incredulidade, rejeitava Bela as pérolas e os cascalhos; de que lhe serviriam? Eram-lhe igualmente indiferentes a boa-fé como a deslealdade desses entes; considerava-os meros objetos de estudo, verdadeiros modelos psicológicos. Antes de conhecê-los, excitavam-lhe a curiosidade artística; depois de analisados, tornavam-se de todo inúteis. Nem mesmo sabiam fugir a tempo os presumidos, mostrando algum espírito, evitando a sentença de morte daquele olhar mórbido e cheio de tédio.

Desnudavam-lhe esses estudos o coração humano, apresentando-o em palpitante fealdade, quase sempre movido por más paixões, indiferente ao bem, preso à vaidade e à ambição, pulsando levemente ao amor e à ternura, como por desfastio. A essa vista desoladora, sentiu Bela, mulher ardente e apaixonada, a alma retrair-se dolorosa no peito indignado, renegando essa humanidade que não conseguiria iludi-la com seus artifícios e votando ao belo todo o fogo da sua mocidade, transfundido em exaltado entusiasmo. E quanto mais conhecia os homens, mais se apegava aos livros a fim de os evitar e esquecer, subindo sempre para as regiões superiores, onde somente imperam os grandes de espírito.

XI

omo o trabalho de impressão é ainda muito caro no Brasil, procurou Bela um editor que lhe publicasse uns romances e poemas, cedendo ela todos os seus direitos. Esquecera que possuía dois grandes inconvenientes para qualquer empreendimento deste gênero — ser mulher e ser brasileira.

Contra a mulher de letras, até na França era comum o preconceito, ainda no tempo em que George Sand resolveu-se a escrever. Keratry, a quem ela foi apresentada a fim de consultá-lo, declarou-lhe que uma mulher não deve escrever. E Balzac, apesar de Balzac, talvez por ela ser mulher, não a animou nos seus projetos literários e pouco augurava das estreias, aliás, pouco brilhantes, que ela fez no Figaro. O grande Lamennais dizia: "Ainda não vi uma mulher capaz de seguir um arrazoado durante um quarto de hora." No entanto, a própria George deu-lhe a prova cabal de quanto pode o gênio em um cérebro feminino.

Entre nós, o preconceito e o atraso relegam a mulher, colocam-na sempre em segundo plano, aceitando ela paciente esse papel secundário por falta de cultura ou por flexibilidade de ânimo, ou por efeito de educação, ou para não incorrer em singularidade. Infeliz, porém, da que tenta fugir a essa praxe. Tem contra si, primeiramente, as próprias mulheres, movidas pela inveja, pelo ciúme ou por qualquer mesquinharia; depois, todos os homens, mordidos pelo despeito e indignados com a infração desse *soi-disant*[8] direito de supremacia, criado para seu exclusivo proveito.

Demais, sendo brasileira, não tendo vindo de longínquas paragens, não nascendo no Velho Mundo, não dispondo de rótulo estrangeiro, não havendo talvez desfrutado misterioso e ignoto passado, acidentado de aventuras picantes, que atenção pode merecer a que ousa transpor e quebrar o círculo de ferro que a todas encerra?

Sofrem os descendentes dos Brasis de uma afecção crônica que se poderia denominar "estrangeirismo", e que os leva a engrandecer os outros países, detraindo o seu belo torrão natal e os esforços de todo o gênero de seus compatriotas, sem mesmo notar que incorrem em um rebaixamento nacional, matando também o estímulo e os bons impulsos dos que têm algum préstimo.

Nesse meio deletério, ousara a corajosa moça voltar-se às letras, espezinhando vis preconceitos, pérfidas advertências e até fingidas animações e mentidos emboras. Pertencia ela a essa raça tudesca, sempre pertinaz, paciente, laboriosa, para quem os revezes e as dificuldades, em vez de desanimar, servem de força e incentivo.

Indo saber da decisão do editor, começou ele a mastigar evasivas, colorindo-as com amáveis sorrisos e argumentos mais ou menos capciosos que a revoltaram, carregando-lhe os supercílios. Um tanto desdenhosa, sobraçou o precioso embrulho de suas obras, dispondo-se a sair, quando o cauteloso editor objetou:

— Esquecia-me de dizer-lhe que o redator da folha X, a quem falei sobre a proposta de V. Exa., relatando-lhe a impossibilidade em que me vejo de não aceitá-la, mostrou desejos de falar-lhe sobre esse assunto.

[8]Autoproclamado. (N.e.)

XI

— Estará ele na redação? — inquiriu a moça.

— Às vezes, aparece por aqui. Justamente, ei-lo que entra!

E encaminhou-se para o recém-chegado, apresentando-lhe Bela, que o mirou, curiosa, surpreendendo-se por encontrar um homem modesto, de olhar límpido e sereno, no escritor possante, na pena de fogo a destilar sarcasmo, desse titã oprimido pela sorte, em luta com a sociedade e com os homens que não o compreendiam. Sorriram fraternalmente as duas grandes almas em simpática atração, dizendo ele:

— Minha senhora, é brasileira, e é esse o primeiro título que a recomenda à minha estima. Além disso, é estudiosa, tem a paixão do belo, deseja aparecer nas letras, trabalha, e só esta quantidade de tiras manuscritas merece grande encarecimento. É muito digna, muito elevada a sua aspiração, mas não lhe deixarei ignorar os mil dissabores e amarguras que deverá tragar. Suporte-os com sobranceria, não se entibie ao atrito das decepções, antes, prossiga denodadamente. Aqui, na terra da banana — acentuou ele, com leve azedume —, literariamente, deve cada um tratar de si, lutando pela vida, disputando o seu quinhão a dente e a unha, e isentando-se do mínimo escrúpulo de camaradagem, como miseráveis deserdados sem proteção e sem guarida. Conseguir galgar uma cumeada qualquer deve ser o fim desses atletas infatigáveis, não experimentando nem indecisões, nem fraquezas. Avante, pois, minha senhora! Sempre estará à disposição de V. Exa. o meu jornal, e sentirei muito prazer em concorrer para o engrandecimento do seu nome. Quer publicar alguma coisa?

Cerrou Bela um pouco as pálpebras para disfarçar a emoção, mas traíram-na as titilantes narinas e a palidez do semblante. Sentiu veemente desejo de abraçar aquele homem tão único, tão diferente dos outros, tão cônscio de si mesmo, tão benévolo para os méritos alheios. Muito comovida, estendeu-lhe a mão, dizendo, com a voz grave e musical:

— Jamais olvidarei este precioso momento, nem a alegria provocada pelas suas boas palavras. Deve calcular que não estou habituada a esses regalos e que me sinto compensada dos meus labores pela animação de um espírito como o seu. Trabalharei, procurando não esquecer seus importantes avisos. Seguirei o seu exemplo, lutando corajosamente até poder assentar-me desassombrada em alguma eminência, donde sorria aos passados esforços e pesares. Mas, encetando o assunto que aqui nos reúne, dir-lhe-ei que desejo publicar em livro estes meus romances. Conciliará o senhor a sua boa vontade com a minha aspiração?

— Veja V. Exa. se a minha proposta lhe agrada: publicarei os romances em folhetins, fazendo depois uma edição de mil volumes, sendo quinhentos para V. Exa. e quinhentos para a redação. Convém-lhe?

— Oh! De certo! Creia que muito lhe agradeço a sua benevolência, direi mesmo a sua grande coragem em aceitar estas produções sem prévio e justo exame, sendo o senhor tão severo consigo mesmo! Pode gabar-se de possuir o segredo de obsequiar! Mil graças e até breve.

Acompanhou-a o jornalista até a porta, reiterando-lhe seus oferecimentos, rejubilando aquela alma de mulher um tanto alquebrada pela contristadora prática da vida e palpitando somente à ideia da glória literária.

XII

Um mês depois, apareceu no rodapé da folha X o romance *Blandina*, maravilhoso tecido bordado de peripécias onde cada personagem era perfeitamente descrito em seus defeitos e qualidades, mostrando, no estudo psicológico, verdadeira mestria. Notava-se nesse trabalho um espírito másculo presidindo à concepção e ao desenvolvimento do entrecho, ao mesmo tempo que a amena ductilidade do estilo, dobrando-se ao apurado tato feminil, desvendava esses melindrosos recessos d'alma que o homem mal adivinha e que a mulher sói possuir e expor.

Suavizava-se o embate de violentas paixões por sublimes e ignorados sacrifícios, os quais perduravam sem necessitar do incenso da lisonja nem da condolência, sempre inabaláveis, vivos, umedecidos de lágrimas. Indubitavelmente, ecoou aquela narração nas almas eleitas que a leram, acordando muito frêmito incubado, muita reminiscência desbotada, muito pesar adormecido. Para obter esse resultado, como que rasgara a autora o próprio seio a fim de melhor analisar a dolorosa evolução do sofrimento.

Recebeu-a com frieza a imprensa, ou antes, nem se apercebeu daquela aparição, a pobre cega; os literatos, esses, viram-na muito bem, mas calaram-se, esperando talvez entibiar-lhe o ânimo e cortar-lhe os voos. Entretanto, possuía ela esse sentimento particular, esse *quid proprium*[9] que constitui a originalidade, a invenção, o gênio de cada um, como disse Veuillot.

Só um dentre eles, mas também o único cuja opinião poderia lisonjeá-la, teve a lhana gentileza de escrever-lhe em folhetim encomiásticas palavras de animação, exprobrando a indiferença de que ela era alvo e induzindo-a a prosseguir. Guardando cuidadosamente o folhetim, lembrou-se ela do seguinte caso, passado com o insigne Talma: uma noite, em que ele interpretava à maravilha uma de suas melhores criações, havia desoladora vazante. No entreato, observou-lhe um néscio que era pena despender tanto engenho diante de tão diminuto auditório. Sorrindo finamente, objetou-lhe o grande artista:

— Quando vejo na plateia um ou dois espectadores no caso de compreender-me, fico satisfeito e considero o teatro cheio.

Como ele pensava Lésbia.

Em geral, incapazes de enunciar qualquer observação sobre literatura, investiram as mulheres contra a moralidade de alguns personagens do romance, os quais, no entanto, poderiam servir-lhes de modelo em tudo e por tudo. Não satisfeitas ainda, como que enfurecidas pelos brados da consciência não de todo calejada, passaram a vociferar contra a autora, querendo talvez repartir com ela um pouco do que lhes nodoava as frontes. Bem disse Sandeau que essa era a sorte dos entes superiores: vinga-se a estúpida multidão do seu talento, deprimindo-lhes a moralidade.

Sem dúvida, conservavam essas puristas, no fundo de alguma gaveta, gravuras que não podiam ser vistas e livros com o título *Leitura para homens*. Preciosos passatempos de misterioso sabor, verdadeiro incitamento histérico em horas de ócio.

Proibiram os maridos hipócritas, cujos delitos começavam no próprio lar, até a vista da mísera *Blandina* às esposas falsamente

[9]Latim: "O que é próprio." (N.e.)

ingênuas, que tomavam uns ares infantis, perguntando às amigas se ousavam ler aquela perniciosa produção. Em compensação, por todos os modos, procuraram as solteirinhas devorar aquelas páginas condenadas, surpreendendo-se de não encontrarem o que esperavam e entusiasmando-se pela grandeza de certos sentimentos pintados com vigor e, até então, desconhecidos para elas.

Aprenderam, assim, a sentir, podendo melhor devassar o que lhes ia n'alma, identificando-se com o sofrimento daqueles heróis e heroínas nesses arroubos juvenis tão sinceros e espontâneos, tão despidos de preconceitos e de más intenções!

Apreciando a obra, simpatizaram com a autora, procurando reconhecê-la em uma ou outra personagem, em uma ou outra decepção e, quiçá, em uma ou outra esperança. Em *Blandina* havia a história comovente de um filho natural, engenhosamente conservado junto à mãe, sem ter despertado a desconfiança pública. Pois bem, atribuiu a animosidade mulheril aquele caso a Lésbia, a qual, até ali, só tivera concepções cerebrais.

— Que se saiba, não os tem.

Deixando, assim, vasto campo a malévolas suposições provocadas pela inveja ou, antes, pelo ciúme, pois julgava a pobre de espírito que a outra lhe cobiçava o marido, essa entidade corriqueira que, muitas vezes, só tem valor aos olhos da inepta consorte.

Acharam imorais os trabalhos de Lésbia os néscios e os dissolutos de que, em geral, se compõe a massa social, quando, de fato, a imoralidade só existia em seus obtusos cérebros, incapazes de compreendê-la. Diziam-na realista ainda mais desbragada que o próprio Zola. No entanto, esses parvos nem mesmo sabiam distinguir esta ou aquela escola, dando a cada uma o seu devido valor.

Enganavam-se todos, porquanto adotara Lésbia o ecletismo, colhendo aqui e ali o que de melhor havia, desprezando igualmente sentimentais pieguices e inconvenientes escabrosidades, adaptando com fino critério às exigências do concludente e positivo século XIX todas as evoluções da fisiologia e da psicologia hodiernas.

Tendo conhecimento dessas depreciações, sorriu a linda mulher com o triste e irônico sorriso de artista menoscabado. Consolou-se, porém, com a ideia de que o imortal Balzac, o grande anatomista do coração humano, também foi taxado de imoral porque desnudou sem piedade as hediondas chagas morais que se encobrem com os falsos ouropéis da bondade e da virtude.

E Balzac era Balzac, vivera na culta França, que tudo lhe negou em vida, é certo, mas que resgatou mais tarde a sua criminosa cegueira, inscrevendo-o no panteão da glória e erguendo-lhe uma estátua. Consolou-a igualmente a lembrança de que Mme. de Staël não só havia sido chamada de imoral e até de ignorante por Mme. de Genlis, a quem ela, apesar de seus ataques, elogiava, como sofreu de Fontanes, sob o anônimo, no Mercure, acusações idênticas, escrevendo ele sobre a *Delphine* o seguinte: "Delfina fala do amor como uma bacante, de Deus como um *quaker*, da morte como um sofista."

Por que encontrou Lésbia todos esses espinhos que a molestavam, sem, contudo, lhe afrouxarem o ânimo? Unicamente porque seguira o impulso do talento que a alçava da terra, tornando-a indiferente às vulgaridades da vida, fazendo-a desprezar as torpes intrigas e os vis mexericos em que se compraz a maioria das mulheres.

Sentindo-se águia, experimentara o prurido do voo, subindo às regiões do infinito sem mesmo ouvir o clamor das gralhas que lhe invejavam a pujança. Enlevada, atraída pelo ímã do ideal e do belo, que somente fascina os grandes espíritos, voaria sempre Lésbia, surda à vozeria do vulgo.

XIII

m livro, teve *Blandina* pouca extração, provando isso que não era imoral, pois, do contrário, os quinhentos volumes vender-se-iam rapidamente. Os parentes e conhecidos da autora mostraram desejos de possuir o romance, mas esquece-ram a rua e o nome do livreiro onde poderiam comprá-lo. Sorriu Lésbia, lembrando-se de que tivera a mesma sorte a primeira edição dos *Suspiros poéticos*, de Magalhães, feita a expensas do imperador. Todos queriam admirar o poeta, porém — de graça.

Meses depois, longe de desanimar, apresentou a moça um belo poema tirado do magnífico romance de Alexandre Dumas, *A San Felice*. Nesse trabalho, casava-se em maravilhosa harmonia a contextura do enredo com a pujança do verso. Eram de vigoroso colorido os amores de Nelson e de lady Hamilton. Seus respectivos caracteres como que palpitavam sob a ação sempre crescente nessa pungitiva tragédia napolitana: ele, o glorioso marinheiro, fraco, enervado, infamando-se para obter um sorriso da formosa sereia; ela, calculista, fria, com a mira nos favores da rainha, estabelecendo uma permuta entre a ambição da realeza e a alucinação do herói, seu cativo.

Às vezes, passava na vil hediondez daquela alma egoísta um reflexo de feminil desvanecimento; antevia talvez a projeção do grande vulto de Nelson a protegê-la ante a posteridade. Nova Dalila, sugou a honra de um homem e amesquinhou o valor de um bravo que por ela espezinharia a glória e o renome, suas maiores aspirações antes de conhecê-la. De fato, não chegam os louros de Abouquir e Trafalgar para encobrir a nódoa da execução do almirante Caraccioli e da quebra da capitulação do cardeal Ruffo. Mas se até o sol tem manchas...

À aparição desse poema, dignaram-se os literatos dar sinal de vida, aceitando-o reverentes como a produção de um ilustre bípede, um tanto pertinaz e incomodativo. Mais tarde, escreveu Lésbia um outro romance, sua obra predileta, contendo um admirável estudo psicológico em rendilhado estilo, linguagem castigada, verdadeiro primor, o qual não escapou à pecha de imoral com que mimosearam a autora desde a publicação de *Blandina*; todas as suas produções sofreriam o mesmo anátema, e ainda que dali em diante ela só escrevesse obras sacras.

Sabendo que alguns vândalos haviam tentado depreciar-lhe o último trabalho, o seu ídolo, calou-se a linda criatura, sufocada pela indignação, e uma lágrima silenciosa, mas de vívida eloquência, resvalou-lhe pela face mimosa. "Uma dessas lágrimas de emoção, diz S. Beuve, como eu vi rolar, um dia, dos olhos de um nobre estatuário — Fogelberg, diante de quem, na galeria do Vaticano, ousava um estrangeiro criticar o Apolo de Belvedero; o artista, ofendido, só respondeu e com essa lágrima."

Para vingar-se dos zangões literários, escreveu Lésbia *Os garotos*, um poemeto satírico no gênero veemente de Bocage, vendendo-se os mil folhetos em menos de uma quinzena, o que a induziu a cultivar esse produto de fácil extração e ótimo resultado. É a sátira uma arma terrível porque ridiculariza aqueles a quem fere, manejando-a Lésbia com extrema perícia em botes felinos, deixando indeléveis escoriações.

Em uma de suas máximas, diz o marquês de Maricá: "Não é menos funesto aos homens um superlativo engenho do que às mulheres uma extraordinária beleza: a mediocridade em tudo

XIII

é garantia e penhor de segurança e tranquilidade." Melhor que ninguém conheceu o erudito marquês a primeira dessas asserções; seguramente lhe acarretou a sua superioridade inúmeros dissabores e decepções, dando-lhe também pleno conhecimento do coração humano.

A segunda proposição é igualmente verdadeira. Para firmá-la, bastaria o testemunho de toda mulher bonita. Possuindo a predestinada Lésbia talento e beleza, viu-se, portanto, duplamente atacada, e talvez sucumbisse à fadiga moral se não dispusesse de grande força resistente e de uma pertinácia mórbida, que, por assim dizer, constituía o fundo do seu caráter.

Muito episódio acidentou a carreira de lutas da jovem escritora, ora causando-lhe tédio, ora provocando-lhe gostosas gargalhadas, pois a criatura é um animal de costumes que se habitua até com a descompostura.

Um dia, atravessava a rua do Ouvidor quando lhe embargou o passo um poetastro que a ela se apresentara por si mesmo, havia meses, aborrecendo-a com zumbaias e galanteios e vingando-se de sua absoluta indiferença com o veneno da maledicência. Tivera Lésbia conhecimento dessas indignidades, por isso, ao avistá-lo, fechou o semblante, recusando estender-lhe a mão e dizendo-lhe em face a razão por que assim procedia com a impetuosidade de ânimo que a distinguia. Empalideceu ele de raiva, dizendo:

— Pois bem, não me quis para amigo, serei seu inimigo doravante! Vingar-me-ei da senhora como costumo vingar-me dos meus desafetos; escreverei um poema intitulado "Lésbia", onde não lhe negarei talento (que generosidade!), mas pintá-la-ei como uma nova Impéria!

— O que apenas constituirá mais uma infâmia em sua vida! — redarguiu a moça, voltando-lhe as costas e seguindo, fremente de indignação.

De súbito, reassumiu o semblante a habitual serenidade, correu plácido o sangue em suas artérias, esboçaram os lábios um sorriso de indefinível sarcasmo e ela murmurou:

— Se, ao menos, tivesses bastante engenho para me imortalizares com o teu poema... mas, qual! Não passas de uma mediocridade!

Outra feita, publicou ela um folhetim mimoso, mulheril, inspirado por uma poesia de Victor Hugo, onde uma mãe, ao perder o filhinho, desespera-se, duvida de Deus, até sentir nas entranhas o tremor de um novo ser, a quem, no entanto, tenciona negar afeto e carinho. Depois dos tormentos do parto, pálida e exangue, quase indiferente, recebe ela a criança, deita-a junto a si e dá-lhe o seio. Então, como que ouve murmurar o anjinho: "Sou eu, mamã, que volto à terra!"

Foi esse pensamento tão delicado e sublime colorido por Lésbia com os cambiantes do seu mavioso e atraente estilo. No dia seguinte, recebeu um envelope encerrando o folhetim, em cuja margem escrevera alguém: "Lésbia nunca foi mãe, o seu conto é um punhal que fere e envenena a ferida. O bálsamo final não tem força para cicatrizá-la, nem mesmo para acalmar as dores que produziu. Pergunte-o à primeira mãe que encontrar e convencer-se-á."

Em outro folhetim, chamava a autora aos homens de lobos e às mulheres de hienas. Dirigiu-lhe um labrego invectivas tarimbeiras, chamando-a de pessimista, tentando criticar o que ela escrevera, fazendo alusões abjetas, suprindo com a grosseria a absoluta falta de espírito. Ainda não satisfeito, teve a triste ideia de dizer que os escritos de Lésbia provocavam náuseas em quem os lia e eram destituídos de toda delicadeza e graça no pensar e no dizer; procurou, enfim, negar-lhe todas as suas qualidades, conseguindo apenas torná-las bem patentes. Lendo aquela incivil linguagem, moveu ela com desdém os ombros, murmurando: "Coitado! Deve ser assim mesmo... os paladares estragados rejeitam as mais finas iguarias."

Seria longo enumerar as torpezas e as sensaborias de que ela foi alvo, as quais, entretanto, não puderam projetar a mínima nuvem sobre a sua fronte soberana. Apenas dizia:

— O que escrevi está escrito!

XIII

Ou então, vinha-lhe a ideia do que ocorrera com Mlle. de Meulan (ao depois, Mme. Guisot). Lamentavam os amigos que ela, mulher e bem-nascida, escrevesse folhetins e mormente sobre o teatro. Aborrecida dessa compaixão maligna, respondeu--lhes por uma carta magistral de elevação e dignidade, em que cita este verso:

Ce que j'ai fait, Abner,
J'ai cru le devoir faire.[10]

Avançou S. Beuve uma verdade nestas palavras:

O gênio de Virgílio teve naturalmente contra si os monstros. Calígula ordenou um dia que todas as imagens ou estátuas de Virgílio, como as de Tito Lívio, fossem tiradas das bibliotecas públicas e destruídos os exemplares de suas obras.

Julga-se do caráter de um talento pelos que o odeiam, como pelos que o admiram.

Agora fala Voltaire, o mestre:

Um orgulho mui desprezível, um vil interesse mais desprezível ainda, são as origens de todas essas críticas de que somos inundados; um homem de gênio empreenderá uma peça de teatro ou um outro poema, um Freron o denegrirá para ganhar um escudo. Um homem, S. Lambert, que fez uma honra infinita à literatura, enriqueceu a França com o belo poema das *Estações*, assunto sobre o qual até aqui não havia a nossa língua podido exprimir as minudências; reúne esse trabalho ao extremo merecimento da dificuldade vencida, as riquezas da poesia e as belezas do sentimento. O que sucede? Um jovem pedante, Clément, ignorante e

[10]"O que fiz, Abner, foi o que acreditava que deveria ter feito." (N.e.)

inconsiderado, instigado pelo orgulho e pela fome, escreve volumoso libelo contra o autor e contra a obra, dizendo que nunca se deverá fazer poemas sobre as estações. Critica todos os versos, sem alegar a mínima razão da sua censura; e depois de assim haver decidido com sobranceria, vai esse pobre colegial ler aos comediantes a *Medée* do mesmo autor.

Um homem dessa espécie, chamado Sabátier, natural de Castres, faz um dicionário literário e tece louvores a algumas pessoas para ter pão; encontra um outro miserável, que lhe diz:

— Meu amigo, fazes elogios, morrerás de fome; fabrica, antes, um dicionário de sátiras, se queres ter com que viver.

O infeliz aceita-lhe o conselho e nem por isso lucrou mais. Tal é a canalha da literatura do tempo de Corneille, tal é ela hoje, tal vê-la-ão em todos os tempos. Assim definiu Veuillot a neurose literária:

Os homens de letras: povo triste, invejoso e vão, entre o qual ninguém se mostra satisfeito nem de si, nem dos outros, nem da fortuna; de uma avidez de louvores insaciável, acompanhada de uma delicadeza de orgulho tal que se ofende com a própria lisonja. Lança-os o furor pelo sucesso no número dos mais indignos e vis bajuladores que existem no mundo.

Se tudo isso sucedeu na França, por que nos admiraremos do que vai pelo Brasil?

XIV

Por esse tempo, faleceu o marido de Lésbia, ficando a moça de todo livre, caso quisesse contrair novo enlace, o que não era provável, porque votava ao matrimônio real aversão, justificada pela desdita que encontrara no seu malfadado consórcio. Constituiu-se, pois, a sua viuvez mais um elemento da animosidade mulheril que não lhe perdoava a auréola da tríplice coroa do gênio, da beleza e da liberdade. Tentara especialmente mordê-la por todos os modos imagináveis a prima Joana e sua descendência, impelidas pela inveja e pelos seus maus instintos.

Uma das filhas dessa megera, Celina, feia, anêmica, biliosa, desbotada, apesar dos quinze anos, odiando na humanidade todos os encantos que lhe faltavam, vociferou também contra Lésbia, insinuando que ela só vivia nas tipografias, só apreciava palestras literárias e nem mais frequentava casas de família.

Pensava, assim, vingar-se a víbora do absoluto desprezo com que a moça os tratava, sem nunca visitá-los. Pomposamente denominava pelo nome de família o bando a que pertencia, julgando, talvez, que a significação dessas palavras fosse apenas o conjunto de pessoas, aparentadas ou não, vivendo sob a proteção ou dependência do dono da casa. Sabendo dessas misérias, murmurou Lésbia não o *tu quoque* de César, mas a sarcástica exclamação do velho leão da fábula ao receber o coice do peludo *asinus* — "Também tu, burro?"

E nem mais pensou em semelhante lesma, experimentando extraordinária isenção de ânimo que a libertava de todos os ataques malévolos ou fiando-se também nesse princípio de justiça que rege as misérias humanas, pesando igualmente o bem e o mal. Estava habituada a ver os seus inimigos caírem ao peso do infortúnio sem que para isso contribuísse, enquanto ela subia sempre, em uma apoteose de esplendores e ovações.

Fora ferido o dr. Castro, o seu maior detrator, na fibra mais sã que possuía, na pessoa da filha, uma ingênua de fisionomia angélica. Desposando um ricaço, voltou no dia seguinte para o teto paterno, repudiada pelo marido. Serviram os mais escandalosos comentários de pasto à maledicência dos poluídos, ao tempo que a moça sofria duramente e o pai, combalido pelo desgosto, repelia como um remorso a lembrança do seu infame procedimento de outrora para com Lésbia.

Achava-se a ilustre mulher no teatro, ouvindo as harmonias da *Aída*, quando lhe contaram minuciosamente os pormenores da irreparável desgraça. Escapou-lhe das sombrias pupilas fulvo lampejo, tremeram-lhe as narinas, perpassando-lhe nos úmidos lábios um sorriso de cruel ironia. Havia uma jaça, uma ligeira pequenez naquela alma imensa e luminosa — era vingativa, e a queda de um inimigo rejubilava-a, causando-lhe uma sensação quase capitosa.

* * *

É bem certo que tudo no mundo tem o seu lado bom e o seu lado mau. Logo depois da publicação de *Blandina*, que desencadeou tantos ódios, apresentaram a Lésbia o dr. Pereira, caráter ilibado, homem distinto, de rara erudição, de exagerada modéstia ou, antes, absolutamente indiferente a todo e qualquer encarecimento.

XIV

Dupla confeição oferecia o seu espírito, uma aparente e outra real: na superfície, era prático, encarando a vida pelo lado positivo, procedendo sempre com toda a sensatez; no fundo, porém, havia uma natureza idealista, contemplativa, de ordinário apática, só despertando vívida e impetuosa ao impulso do entusiasmo, da indignação ou do sarcasmo.

Grande poeta, grande coração, excessiva sensibilidade, trabalhada pelo contundente atrito do mundo no desencantado comércio dos homens, dispondo também de ameno trato e de variada e atraente conversação.

Provecto observador da comédia humana, auferira vantajosos ensinamentos que o punham a coberto de muitas surpresas, premunindo-o contra todos e até contra si mesmo. Lendo as produções de Lésbia, extasiou-se, farejando o longínquo perfume da mulher refletida naquele estilo fidalgo, cheio de cambiantes e ardentias, e desejou conhecê-la.

Sentiu o mísero deslumbramento ao fitar aqueles olhos magnéticos, faiscantes, como que impelidos pela inteligência. Enfeitiçou-o de todo a voz contraltina da moça, prendendo-o para sempre aos seus passos em permanente enlevo. Forte contra todas as seduções, não pôde vencer a magia dessa criatura tão única, tão perigosa nessa mesma bonomia em que emoldurava a sua superioridade.

E ele não era um desprevenido de vinte anos. Tinha mesmo vivido bastante e conhecia todos os requintes do gozo e do capricho; amara algumas mulheres, mas nenhuma apresentara aquele harmonioso conjunto de perfeições e encantos, vedando toda a comparação. Por isso, também amou-a como nunca amara até então. Apreciou-lhe Lésbia o subido merecimento, regozijando-se com a intimidade desse espírito alevantado, tão feito para compreender o dela e, *in petto*, bendisse o próprio talento que lhe proporcionara o ensejo daquela convivência e a aquisição de um amigo verdadeiro e leal.

Com o tempo, pôde ele melhor admirar e compreender essa mulher original, tomando a sua paixão proporções assustadoras, crescendo dia a dia, até irromper em fremente confissão. Deixou-o Lésbia falar sem o interromper. Não lhe dizia ele nenhuma novidade, porque ela já havia adivinhado tudo quanto se passava naquela alma deslumbrada pelos reflexos da sua. Ouviu-o largo tempo, orgulhando-se de inspirar tamanho afeto a um homem digno dela, capaz de apreciá-la devidamente, ensoberbecendo-se pelos triunfos da mulher amada mais do que ela própria.

— Eureca! — bradou Lésbia, sorrindo e apertando entre as suas as mãos frias de Pereira. — Nós, mulheres — acrescentou ela —, corremos sempre após uma quimera, um desses sonhos tão belos que se tornam irrealizáveis. Como filha de Eva, eu também pagava meu tributo ao idealismo, esperando por um homem superior, como eu despido de tolos preconceitos, fanático pelo belo e, felizmente, acabo de encontrá-lo!

Resvalou ele do divã, ficando ajoelhado sobre a almofada onde repousavam os pés da moça. Extático, bebeu com avidez as palavras que saíam da nacarada boquinha, de envolta com o tépido e perfumoso bafo. Sorriu Lésbia, fazendo-lhe antever edênicas alegrias e, segurando-lhe a fronte abrasada, achegou-a ao seio, dizendo:

— Serei a tua Lésbia e tu serás o meu Catulo! Tens muitos pontos de contato com o primeiro poeta latino. Como as dele, possuem as tuas poesias a mesma graça singela, a natural elegância e a apaixonada candura. Até os teus epigramas são igualmente mordentes. Trabalharemos juntos, completar-nos-emos e os deuses nos invejarão!

XV

Pouco tempo depois, correu uma grande loteria, favorecendo a caprichosa fortuna à distinta escritora, dando-lhe o prêmio de quinhentos contos, novidade que em breve se espalhou. Regozijou-se Lésbia com o bafejo da sorte, premunindo-se contra os parasitas, resolvida a fazer o bem, porém sem intervenções alheias, seguindo somente os seus impulsos e a sua vontade.

Conhecendo a humana vilania, ordenou à criada que a ninguém desse ingresso naquele dia, à exceção de Catulo, que era considerado um familiar. Durante o dia e a noite, foi a sua porta assaltada por invejosa e servil multidão que se lastimava por não encontrá-la, deixando-lhe cartões de parabéns. Ouvindo irromper em untuosas manifestações de júbilo uma voz dulcífica, sorriu Lésbia, irônica, indo espreitar a visitante e dizendo:

— Reconheço a Tartufa! Miro o desapontamento da prima Joana e da filharada... quanta esperança frustrada, hein, minha megera? Esperavas talvez um bom impulso de generosidade, provocado pela surpresa de me ver senhora de um par de contos de réis. Qual! Eu não me assombro assim tão facilmente ou, por outra, sob qualquer impressão que esteja, jamais esqueço os meus ressentimentos. Não te canses, pois as nossas contas de há muito estão liquidadas!

LÉSBIA

* * *

Mais tarde, na companhia dos pais, instalou-se Lésbia no palacete que ela comprara no Rio Comprido, o qual se achava ornado com todo o gosto e esmero. Na parte ocupada pela moça, junto ao toucador, ficava o gabinete de trabalho, muito arejado, rodeado de janelas, forrado de azul, com sanefas e cortinas cor de ouro e elegante mobília de pau-rosa, embutido de *palissandre*.

Sobre a mesa de caprichosa forma, coberta de magnífico tecido, aglomeravam-se vários papéis, livros anotados e rico estojo de ouro com todos os objetos para escrita; ao lado, via-se a cadeira larga, bem cômoda, onde a ilustre mulher se sentava para trabalhar horas e horas, esquecida do mundo, fazendo jus à divisa *Non omnis moriar*,[11] aberta em filigrana, que encimava a porta do gabinete.

Nesse santuário, vedado aos profanos, só Catulo teve a dita de penetrar porque pertencia à divina essência da deusa que o habitava. Idolatrava ele a formosa criatura com a pujança de uma alma ardente e pela afinidade de um engenho tão grande como o dela, identificando-se com a amante como dois seres congêneres, partilhando-lhe as simpatias bem como as aversões, olvidando a própria individualidade, tornando-se por ela ambicioso de glória e renome.

Amava-a como ela devia ser amada — exclusivamente, com todo o encanto, com supremo orgulho, mas, por isso mesmo, sofria o mísero inconcebíveis ciúmes daquela beleza, daquela superioridade, daquele excesso de perfeições enfeixado em um só ente.

Depois de uma febril insônia, corria ele a vê-la, beijava-lhe as mãos, sentava-se junto à moça, pálido, comovido, repetindo os versos de Delavigne:

[11]Latim: "Não morrerei totalmente." (N.e.)

XV

Si je rêve de toi, le feu court dans me veines;
Je m'éveille, et mon œil t'admire où tu n'es pas;
Je couvre de mes pleurs, je serre dans mes bras
Ta vaine image en proie à mes caresses vaines,
Ma bouche, qui te cherche et tremble de désir,
Irrite en s'abusant l'ardeur qui me dévore,
Et s'entr'ouvre pour ressaisir
Un bonheur qu'elle rêve encore.[12]

— Lésbia, eu te amo a ponto de renunciar à felicidade da tua presença e da tua afeição, se um dia o meu amor te fatigasse, ou se a tua alma irrequieta favorecesse a um outro homem! Parece um contrassenso essa resignação brotando de um afeto tão veemente como o meu, não é verdade? Pois, que queres? Sou assim mesmo. Li algures, creio que em um romance, a descrição de um tipo muito parecido comigo. Amava perdidamente a uma mulher a quem dissera várias vezes o que acabo de dizer-te. Pois bem, um dia, a cruel egoísta, presa a outro, abandonou-o sem um adeus, sem ao menos uma lágrima que o consolasse, escrevendo-lhe estas linhas: "Parto, sou feliz." No entanto, sabia a desumana que deixava após si um descalabro, mas também conhecia a grandeza do coração que esmagava, e nem mesmo receava o remorso, porque jamais ouvira os justos lamentos do aflito, que, a chorar, lhe desejou toda sorte de venturas e alegrias. Compreendes esse grau de afeto, Lésbia?

— Não, meu amigo, confesso-o ingenuamente. Em amor, só admito excessos. Para mim, tem a moderação, em tal caso, a aparência da tibieza, e os sacrifícios afiguram-se-me fraqueza

---

[12]"Se sonho contigo, o fogo me corre pelas veias;/ Desperto, e meu olhar te admira onde não te encontra./ Cubro de lágrimas e cinjo em meus braços/ A vaidade de tua imagem, presa a minhas carícias vãs. / Minha boca, que te busca e treme de desejo,/ Se inflama com o ardor que me devora/ E se entreabre para capturar/ A felicidade com que ainda sonha." (N.e.)

de ânimo, incerteza de triunfo, enfim, uma espécie de depressão moral, apesar de toda a sublimidade de que tantas vezes se acham revestidos.

— Então, descreves só como autora essas incomparáveis abnegações, sem recompensa, completamente pagas pelo próprio sacrifício?

— Sem dúvida. Uma é a escritora; outra, a mulher. Em mim, essas duas entidades estão quase sempre em oposição. De ordinário, obrigo os meus personagens a aceitar situações penosas às quais eu não me sujeitaria de modo algum, o que não me impede, entretanto, de sentir com eles, palpitando também ao contrapeso dos choques que recebem. Aí está o segredo da arte. Como Goethe, com quem tenho tantos pontos de contato, evito o mais possível o predomínio do sentimentalismo, procurando sempre escudar com a razão as mórbidas tendências do meu natural apaixonado. E ninguém leva em conta ao escritor essa árdua desorganização espiritual em que ele, por assim dizer, se renova em proveito de outrem, eliminando aparentemente muita crença querida, muita convicção arraigada. Como escritora, na vida prática, professo um pouco o spinozismo, encontrando no próprio espírito um ponto de apoio bastante forte para me auxiliar no aperfeiçoamento do meu eu. Como mulher, porém, ainda me deixo levar pelos impulsos de um coração enigmático e mesmo monstruoso pelo excesso de suas aspirações. Sei querer com afinco, por isso não simpatizo com o renunciamento, que muito me custaria, o que não me inibe de aceitar o teu modo de amar, caro Catulo, nem de orgulhar-me com o teu afeto. Vês? Creio em ti, eu, que de tudo duvido.

— E isto muito me ensoberbece, e é quanto me basta, adorada criatura! — murmurou ele, extático e fascinado pelo fulgor dos olhos da esfinge.

XVI

Sabendo-a possuidora de uma fortuna, fizeram-lhe mil zumbaias os pobres de espírito que até então não haviam compreendido o mérito real de Lésbia, levando mesmo as aspirações ao ponto de confiar nesses inexplicáveis caprichos que, em geral, atribuem às mulheres que escrevem, como se estas últimas não tivessem o direito de ser mais exigentes que as outras. Farejando sempre um meio de assegurar o futuro sem muitos labores, colocaram-se os rapazes caçadores de dotes em sua passagem, tomando uns ares wertherianos que julgavam eficacíssimos para conturbar a razão da moça. Palestrava ela um dia com o idólatra Catulo quando o criado lhe apresentou o cartão de um visitante, duplamente titular barão e visconde. Sorriu Lésbia, dizendo:

— É o barão de Buriti, visconde de Pacoval. A que virá este tipo? Catulo, se queres rir um pouco, entra na saleta de espera e atende ao que se vai passar; deve ser interessante.

E com ligeiro enfado, dirigiu-se à sala, onde, ansioso, a esperava o ridículo personagem em senil emoção, trêmulo, repelente e até grotesco. Cortejou-o a moça friamente, lendo a cobiça daqueles olhos ignóbeis de velho sátiro que a fitavam como se a desnudassem, provocando-lhe vivo desejo de o cegar. Porém, vencendo a irritação, disse:

LÉSBIA

— A que devo a sua visita?

— Primeiro que tudo, direi à V. Exa. que de há muito desejava conhecê-la pessoalmente, e tanto fiz que afinal realizei o meu *desideratum*, pedindo a um amigo que me fizesse a honra da apresentação. Arrebataram-me seus escritos e sinto verdadeiro orgulho em ter V. Exa. por compatriota. A passos largos caminha o Brasil para o progresso porque já possui mulheres distintas como V. Exa. E além do talento e da ilustração, ostenta incontestável beleza. Como foi V. Exa. bem aquinhoada pela sorte!

Ouviu Lésbia aquelas sensaborias, arrependida de o haver recebido, tencionando ordenar ao criado que nunca mais o introduzisse, embora ele lhe ouvisse a voz. Animado pelo silêncio da moça, que ele interpretava como feminil desvanecimento, acrescentou:

— Enlevado pela superioridade de V. Exa., achando que só lhe falta um título nobiliário para coroar a sua bela fronte, sedento de ventura, disposto a ser seu escravo, venho oferecer-lhe meu nome, pedindo-a em casamento.

Não pôde Lésbia sofrear uma dessas risadas significativas que reduzem um homem a zero, prolongando-a, dando assim plena satisfação à sua natureza mordaz. Com a mobilidade de impressões que lhe era peculiar, tornou-se, de súbito, séria, fitando no seu interlocutor um olhar límpido, de estranha serenidade, semelhante a esses lagos cujas superfícies tranquilas encobrem abismos.

— Então, deseja o senhor barão-visconde honrar-me com a bizarria dos seus brasões? Agradeço-lhe infinitamente a gentileza, lastimando que as nossas opiniões sejam tão opostas sobre certos assuntos. Explicar-me-ei. Para mim, só há uma nobreza: a do talento, e essa é tão forte, tão alheia à evolução social, tão subjetiva, que não tem a recear revoluções nem confisco de bens, nem carece de ascendência nem de posteridade. A divisa cavalheiresca, por direito de nascimento e por direito de conquista, pertence-lhe, de fato, porque nasce o talento com os entes superiores, incitando-os a conquistar, pelo estudo e pelo trabalho, o pedestal em que devem aparecer na imortalidade.

XVI

"Agora, voltando ao Brasil, direi que a aristocracia entre nós é apenas um mito, porém, em seu lugar temos uma burguesia mais ou menos endinheirada, solapada de dívidas e eivada de calotes, defeitos de bom tom e, por isso, em geral relevados, menos pelos prejudicados. Analisemos: fidalgo, homem com foros de fidalguia ou títulos de nobreza herdados de seus antepassados ou conferidos pelo rei. Não possuímos títulos hereditários, que constituem na Europa o sangue azul ou, por outra, uma nobreza aceitável, desde que o tronco da linhagem pudesse legar à sua descendência os mesmos deveres de lealdade e valor. Portanto, pecamos pela base.

"Restam-nos os títulos conferidos pelo soberano, e esses só valem realmente quando premiam o soldado que se bate pela pátria, expondo a vida ou o civismo de um homem prestimoso; do contrário, é um triste ouropel a patentear a insuficiência daqueles que o trazem.

"Em nossa terra, à exceção de alguns cidadãos com justiça galardoados, só poderemos encontrar nessa faina de pescar nobres a espécie: os fidalgos de meia-tigela ou fidalgotes, dispondo de duvidosa nobreza, de pouca nomeada e de poucos haveres. Há mesmo no catálogo dos nossos titulares uma página tristíssima. Lembra-se dos baronatos do tempo da guerra do Paraguai? Serviram de recompensa aos indivíduos que tiravam os pobres negros da enxada das fazendas ou do serviço doméstico, todos marcados pelo azorrague, pondo-lhes a farda às costas sem lhes consultarem a vontade e talvez por um requinte de vingança.

"Marcharam os párias para a morte, obedecendo à voz do cabo como haviam obedecido à do feitor, resgatando a sua liberdade de homens no campo de batalha, derramando o sangue em prol dessa pátria que lhes fora madrasta e que tantas vezes haviam regado com seus suores!

"E lá morreram obscuramente, porém enobrecidos pelo próprio esforço, tendo servido de pedestal ao interesse e à vanglória dos seus pseudossenhores. Pois bem, esses títulos ficariam melhor nos beneméritos soldados negros do que nos brancos traficantes de carne humana!

"Agora, com o abolicionismo, apresenta-se novo ensejo de especular com o ébano. Todos os dias, chusmas de humanitários restituem alguns desgraçados à liberdade, recebendo sempre uma indenização, embora mude de espécie; não é dinheiro, mas é honraria."

Sorrindo intencionalmente, acrescentou Lésbia:

— E temos ainda vários meios de chegar ao alcance dessas teteias tão cobiçáveis; contaram-me um fato muito curioso, passado aqui na Corte. Um sujeito do norte encarregara a um primo de comprar um viscondado ao reino fidelíssimo, realizando, ao mesmo tempo, uma negociata com o fim de obter um título brasileiro. O que pensa o barão que o tal sujeito fizesse? — inquiriu a moça com pérfida doçura, deleitando-se com a perturbação do pretendente.

— Não sei, minha senhora... — tartamudeou ele — não poderei adivinhar...

— Ora! Comprou e negociou o espertalhão por conta própria, usurpando ao primo os dois títulos. Que ambicioso, não acha?

E ria Lésbia, vendo a desolada compostura do vilão.

— Basta, porém, de digressões, e voltemos ao nosso ponto de partida: torno a agradecer-lhe a fineza com que me distinguiu, mas não tenciono contrair novas núpcias. Demais, segundo a minha opinião, de nós dois, na sua própria opinião, sou eu a nobre porque possuo a aristocracia do talento e jamais perdoaria a mim mesma fazê-lo perder os seus caros títulos, pois o homem que eu desposasse, desde que não tivesse engenho igual ao meu, seria unicamente conhecido pelo marido de Lésbia, o que, ainda assim, constitui uma prerrogativa que não será concedida a qualquer.

Ao dizer as últimas palavras, ergueu-se ela como rainha ao terminar a audiência. Corrido como um lacaio, cumprimentou-a o velho desfrutável, saindo precipitadamente.

XVII

À mesa de trabalho, rodeada de livros, em adorável desalinho, com as formas encobertas pelo roupão de cambraia, escrevia Lésbia, respirando a brisa embalsamada que entrava pelas janelas. Assomou Catulo à porta; mirou com paixão a moça, procurou aproximar-se sem que o pressentisse, mas traiu-o o apurado ouvido dela.

— Chegas muito a propósito; não é possível escrever *invita Minerva*. Vem retemperar-me o espírito com boa palestra.

Acercou-se ele da moça, segurando-lhe carinhoso a cabeça, beijando-lhe os perfumosos cabelos, admirando-lhes a beleza e surpreendendo-se de divisar alguns fios brancos. Erguendo-se Lésbia para abraçá-lo, notou-lhe a expressão de egoístico júbilo e sorriu com a finura que tanto a distinguia, dizendo:

— Alegram-te os meus cabelos brancos, pobre ciumento? Enrubesces? Não há motivo para isso, a menos que te aches amesquinhado pela minha perspicácia. Em parte, é tua a culpa: por que me deixas devassar a tua alma? Vê se consegues fechá-la à minha penetração. Nada receies, porém, perdoo e até adoro essa sublime pequenez do teu grande espírito porque ela me dá a exata medida do teu melindroso afeto. Insondável coração humano, tão cheio de contradições, tão fraco e tão valoroso!

Tomando, por sua vez, a fronte do amante, beijou-lhe os olhos úmidos de enternecimento enquanto ele se inebriava em sensação capitosa, aspirando o tépido aroma que ela exalava. Sacudindo com força a cabeça a fim de desentorpecer-se, disse Catulo:

— Releva a minha miséria. Tu és tão bela, tão acima da humanidade, que eu de tudo me arreceio!

— Caro amigo, a minha beleza está no teu amor; lembras-te do verso de Musset: "Car as beauté pour nous, c'est notre amour pour elle!"[13] É uma verdade: somos muito formosas para os homens enquanto eles nos amam. Senta-te aqui, junto a mim, e já que estamos em disposições sentimentais, leiamos *Werther*, o nosso livro predileto.

Durante algum tempo, leram a imortal produção do poeta germânico, comentando-a. De repente, porém, seguindo a mobilidade da sua imaginação, disse Lésbia:

— Várias vezes tenho-te afirmado que me assemelho muito a Goethe.

— Mas fui eu quem primeiro chamou a tua atenção sobre isso — interrompeu ele.

— É certo. São muitos os nossos pontos de contato. Como ele, nunca tive no espírito a mínima parcela desse desdém aristocrático que os letrados testemunham de ordinário aos trabalhos manuais e pelos que os exercitam. Qualquer labor dos meus semelhantes excita-me a curiosidade e a simpatia porque considero a atividade humana como a grande lei da vida.

"Como ele, empreendi uma luta contra os excessos de sensibilidade e saí vencedora. A vista do sangue causava-me náuseas e vertigens. Pois bem, à força de perseverança, consegui assistir friamente a abundantes sangrias.

"Pareço-me ainda com ele na irresistível necessidade ou, antes, no inconsciente impulso de implantar a minha individualidade e

---

[13]"Porque a beleza dela é proporcional a nosso amor." (N.e.)

XVII

os meus próprios sentimentos nos personagens que apresento em meus romances: todos eles, mais ou menos, participam da minha natureza e vivem um pouco da minha existência, acontecendo muitas vezes compartilharem igualmente a minha índole dois caracteres opostos.

"Há em todas as obras do poeta uma parte real e outra fictícia: os sentimentos, os caracteres e mesmo certos episódios são apenas a fiel reprodução de diversas fases de sua vida, enquanto o enredo e o desfecho pertencem ao seu maravilhoso engenho.

"Passam por mim muitos acontecimentos, ferindo-me dolorosamente; deixo decorrer o tempo e, um belo dia, com amarga volúpia, em surpreendente lucidez, evoco todas as cenas, enfeixando-as em um romance ou em um poema e formando um ramo de flores fanadas de onde se desprende saudoso e longínquo perfume.

"Também como ele, não escrevo para tratar de um assunto nem para fazer obra autoritária, porém, unicamente a fim de exprimir sentimentos que me molestam e para depor no papel recordações e confidências de minha vida. Tornou-se a composição parte essencial da minha existência. É um ato que, por assim dizer, a continua e completa. Foi a exuberância de minhas emoções pessoais que me fez escritora, e não a vanglória, aliás, bem desculpável, de conquistar renome.

"'La vie est double dans les flammes',[14] como disse Alfred de Vigny. Concordo com o poeta, acrescentando, porém, que esse aparente excesso de seiva é produzido pelo apuro e mesmo pelo esgotamento do princípio vital no fervilhar de incandescentes sensações a destruírem o organismo e sublimando o espírito, que dele se destaca luminoso, subindo ao infinito!

"Ainda como Goethe, improficuamente tentei várias vezes desenhar, demonstrando, assim, sob uma forma material, o que

[14]"A vida se duplica nas chamas." (N.e.)

experimentava minha alma de artista ante qualquer manifestação do belo, receando que as palavras não definissem as minhas impressões com todo o vigor, mas o lápis emudecia entre meus dedos rebeldes."

De súbito enternecida, desvendou Lésbia ante os olhos entusiastas de Catulo o que havia de real em todas as suas obras, destacando a parte artística com que suprira as lacunas e unificara os entrechos, dando-lhes um todo harmônico de inexcedível correção. Ao terminar as suas revelações, acrescentou, comovida:

— Guarda tudo isso na memória, tu, o meu único confidente. Talvez algum dia te seja agradável essa recordação, sobretudo quando eu morrer.

— Cala-te! — exclamou Catulo, abraçando-a febril. — Tu não podes morrer!

— De todo, creio que não — objetou-lhe ela, erguendo a fronte com altivez e mostrando-lhe a divisa *Non omnis moriar*, que encimava a entrada do gabinete e que adotara ao penetrar na acidentada vereda que a levara à glória, apesar dos malévolos tropeços que encontrara, retardando-lhe a marcha.

XVIII

Uma noite, experimentando necessidade de agitação e bulício, apareceu Lésbia em um grande baile no Cassino, onde se achavam todas as pessoas gradas da Corte, o corpo diplomático e vários estrangeiros distintos. Trajava ela longo vestido de cetim branco coberto de renda de Inglaterra, tendo nos apanhados enormes esmeraldas cravejadas de brilhantes. Irmanando com o adereço completo que lhe ornava o corpete, os pulsos e as orelhas, duas primorosas conchinhas nacaradas.

Além desse especial silêncio que sucede à aparição de toda mulher bonita, houve também à sua entrada essa curiosidade um tanto inconveniente que a multidão manifesta ante a superioridade de certas criaturas. Serena, habituada à inconsciente homenagem da mediocridade, atravessou o salão pelo braço do fiel Catulo, que só a ela via, desejando encobrir a todos os olhares a brancura fosca daquelas espáduas e daqueles braços de marmórea consistência.

Cumprimentou-a uma chusma de adoradores, fazendo-lhe verdadeiro cortejo, ansiando por um olhar, por um sorriso ou por um dito daquela boca sibilina, gentil, com a frescura das flores rociosas. Mais tarde, enquanto volteavam os pares ao som de uma valsa de Métra, entre os cavalheiros que não dançavam avistou Lésbia a Sérgio de Abreu, o homem que a magoara outrora, matando-lhe de todo as pálidas ilusões de sua mocidade.

Chegara há pouco da Europa a fim de ocupar a sua cadeira parlamentar, onde fazia desvantajosa figura a par de seus confrades, os quais, sem protestar, ouviam um presidente do conselho atribuir ao imortal Shakespeare a frase "J'embrasse mon rival, mas c'est pour l'étouffer",[15] do *Britannicus*, de Racine.

Escapou-lhe mesmo um movimento de despeito, lembrando-se de que desejara ser alguma coisa em semelhante país e no meio de tal gente. Ainda possuía Sérgio a bizarra aparência de dantes, era o mesmo homem, porém, prometera mais do que dera. Tolhido talvez pela traiçoeira mórbida inércia brasileira, deixara-se estacionar, adiando ou, antes, sufocando os impulsos da ambição que o febricitara aos vinte anos.

Encheu a alma da ilustre mulher uma sensação de bem-estar, averiguando que nada mais lhe causava a vista daquele homem, e sorrindo com indizível desprezo, murmurou:

— E eu o amei... a ele, que não podia apreciar-me. E amei-o a ponto de sofrer cruelmente. Pela evolução do tempo e das próprias ideias, como um sentimento, aliás, profundo e sincero, se torna humilhante para aquele que o experimentou. Sérgio é hoje uma nulidade e eu sou Lésbia!

Cruzavam o cérebro do moço pensamentos inteiramente opostos:

— Como ela está formosa! Mais bela que nunca e aureolada pela glória. Quanto fui néscio em não saber compreender o valor daquele tesouro! Consola-me, porém, a ideia de ter sido o primeiro a quem concedeu seus favores. E então, eu a nivelava a Fantine e a Clairette da *troupe* do Bernard. Vou falar-lhe, vejamos como me recebe.

E, pressuroso, dirigiu-se a ela, que o via aproximar-se sem a mínima emoção, contente com a seguridade de ânimo que para

---

[15]"Beijo meu rival, mas para sufocá-lo." (N.e.)

XVIII

sempre a afastava desse ente tão vulgar, ao tempo que ouvia com orgulho a voz insinuante de Catulo expender ideias aproveitáveis sobre finanças e política.

— Minha senhora, permite que a cumprimente? Há tanto tempo não tinha o prazer de vê-la!

— E eu igualmente — respondeu Lésbia. — Sei que esteve alguns anos na Europa, onde, com certeza, colheu muitos ensinamentos de envolta com algumas aventuras.

Teve o enfatuado um sorriso de misteriosa discrição que revoltou o bom senso da moça, enojando-a, dando-lhe a medida do seu apoucado critério. Insensivelmente, encaminhou Sérgio a conversa sobre afetuosos sentimentos, mostrando-se extremado em excesso, decantando a constância que zomba do tempo e da ausência e perguntando *ex abrupto* a opinião de Lésbia.

— Sobre esse ponto, penso como Chamfort: o amor é a troca de duas fantasias e o contato de duas epidermes. Para os idealistas, é um pouco afrontosa esta conclusão, mas, para a maioria dos filhos do nosso século tão positivo, não passa de uma verdade.

— A senhora, uma mulher de imaginação, não pode aceitar esse paradoxo! — exclamou Sérgio.

— Não considero como paradoxo o pensamento de Chamfort, mas unicamente como a ideia exata que, em geral, fazem os homens do amor, ocultando a crueza desse juízo com sensaborias convencionais, de que são os primeiros a rir.

— Não creio em tal; em todo o caso, não pensou V. Exa. sempre desse modo. Teve, sem dúvida, uma época em que ouviu desprevenida a voz do coração — objetou Sérgio, com intenção.

— Que sei eu? Já me não lembro! Mas parece-me que sempre fui dessa opinião, e assim devia ser, desde que observasse um pouco a sociedade em que vivemos — acrescentou Lésbia com riso peculiar, dorido como um soluço.

Era a sua maneira de expressar a nostalgia dessa limpidez d'alma em que se espelha a credulidade e que o mais leve sopro tolda por toda a vida.

LÉSBIA

Pouco depois, embuçada na mantilha de renda, retirou-se, recostando-se no cupê com as pálpebras a meio cerradas, aspirando a brisa impregnada de aromas e compondo o décimo canto de um poema. Desaparecera o passado.

XIX

hegando à casa, com a mente em efervescência, sem sono, despiu Lésbia o traje luxuoso, enfiou um roupão, despediu a criada e dirigiu-se ao gabinete de trabalho a fim de aproveitar a inspiração. Abriu uma das janelas, deixando penetrar o esplêndido luar até meio aposento, sentando-se na parte sombria, repetindo os versos compostos durante a volta do baile, limando-os, dando-lhes a correção que caracterizava as obras de sua lavra.

Gostava ela de velar enquanto os mais dormiam, sentindo-se, então, em mais íntima relação com a natureza, consigo mesma, podendo melhor analisar as próprias sensações e precisar as alheias. De repente, ouviu sobre o peitoril da janela uma pancada seca. Avistou ao mesmo tempo um gancho preso à madeira e compreendeu que acabavam de lançar uma escada de corda. Ergueu-se a manso, empunhando o revólver que se achava sobre a mesa e indo ao encontro do notívago visitante.

Pela oscilação da corda, podia calcular a aproximação de quem subia, bastando-lhe soltar o gancho para desfazer-se do intruso, despencando-o no espaço, mas a fantástica e valorosa criatura queria ver de perto a cara de um réprobo, pronta a expor-se a qualquer perigo para satisfazer esse capricho.

LÉSBIA

De súbito, surgiu uma cabeça enterrada em miserável, mole e surrado chapéu, que só por si serviria de corpo de delito ao seu possuidor. Chegou-se Lésbia vivamente ao peitoril, iluminada pelo luar, como radiosa aparição. Soltou o assaltante uma praga obscena, exclamando, logo em seguida:

— Bela!

Evocou o som daquela voz uma reminiscência no cérebro da moça. Em gesto rápido, lançou ao longe o chapéu que lhe ocultava as feições do desconhecido, bradando:

— Arnaldo!

Com efeito, era o filho da prima Joana, o qual, variando de expedientes, chegara ao fundo do declive, de onde se segue para a correção ou para a forca. À exclamação da moça, salteou-o um movimento violento, atravessando-lhe as pupilas fulmíneo lampejo. A sorrir, chegou-lhe ela o revolver ao rosto, acrescentando:

— Vê lá o que fazes. Não terei escrúpulos em descarregar esta arma.

Lívido, com o tremor dos covardes, balbuciou o miserável:

— Prima, não me perca. Vou-me embora, deixe-me descer!

— Não! Já que aqui estás, conversemos um pouco.

— Ora! E se me virem, sou agarrado!

— Nada receies. O Rio Comprido, a esta hora, é deserto e os urbanos dormem tranquilos nos portões das chácaras. Só acordariam ouvindo alguma detonação, e isso de ti dependerá. Demais, se os transeuntes nos vissem, apesar da distância que entre nós existe, julgar-te-iam novo Romeu, invejavam-te, cobrindo-me de anátemas. Já vês que a vantagem estaria do teu lado. Que idade tens?

— Vinte e três anos.

— É a idade dos sonhos, da ambição, das lides do estudo em demanda de uma posição social, é o apogeu da esperança e tudo perdeste, infeliz! Se a tua apoucada inteligência se amedrontava ante uma carreira científica, por que não te sujeitaste aos labores de um emprego modesto que te desse meios para viver e para conservar a tua integridade de homem? Por que não te

XIX

fizeste carroceiro ou mesmo criado de servir? Achar-te-ias talvez rebaixado e sentirias mal-entendida vergonha de te mostrares em tão humilde condição, preferindo o aviltamento e o estigma de ladrão. Desgraçado de ti e dos que te deram essa perniciosa e falsa educação, eivada de preconceitos, fortalecidos pela preguiça, pela incúria e pela falta de pundonor! Por que não recorreste a mim, enquanto ainda era tempo?

— Sei que a prima é vingativa e, como muitas vezes falei da senhora, receei que não me recebesse.

— Na verdade, não esqueço as ofensas, mas tu nunca foste *alguém*, por isso poderias aventurar qualquer pedido! — redarguiu a moça com esmagador desprezo.

Depois, tomando uma inflexão sarcástica, inquiriu:

— A tua amarela irmã Celina conseguiu afinal pescar algum incauto de mau gosto? Essa sensata menina, que tanto lastimava outrora que eu não frequentasse casas de família, casou finalmente e vê-se rodeada de filhinhos, não?

— Qual! Fugiu há dois anos com um tipo, tocador de violão, que a abandonou depois de maltratá-la muito. Encontrei-a um dia no Largo da Batalha, magra, maltrapilha e até bêbada. Fazia dó. Não tinha comido desde a véspera, dando-lhe eu o dinheiro que trazia naquela ocasião.

— E frequentará muitas famílias? — indagou Lésbia, com fero sarcasmo.

— Oh! — exclamou Arnaldo, sorrindo impudente. — Minha mãe é a culpada da desgraça de Celina. Desde que pôs *barato* em casa, só cuida do jogo, perdendo hoje o que ganhou ontem, lutando com a miséria, mas o dinheiro ali parece amaldiçoado, escapa como água em cesto. Sabendo que a senhora é caritativa, tentamos muitas vezes especular com a sua bondade, porém foi em vão; a prima só remedeia os necessitados depois de lhes averiguar a penúria.

— E acabas de provar-me que procedo muito bem. Oh! Eu conheço perfeitamente o mundo, e a tua gente contribuiu bastante para este meu aperfeiçoamento, oferecendo-me, em cada um de seus membros, um curioso *specimen* que eu dissequei com todo o esmero. Olha, estou de bom humor. Quero mesmo fazer por ti alguma coisa. Não te sentes com forças para abandonar essa mesquinha existência?

Embaraçado, coçou Arnaldo a cabeça, espraiando o olhar pelo horizonte, acidentado de cômodas habitações. Agitou-lhe o seio infrene desejo de liberdade, redobrando-lhe a aversão pela vida regular dos que trabalham, provocando-lhe mesmo uma espécie de augusta comiseração pelos honestos observadores da ordem, e o bandido, que não tinha um antro onde pernoitar, disse, com firmeza:

— Não, prima, obrigado. Se pudesse favorecer-me com alguma quantia, eu lhe ficaria muito grato.

— Incorrigível! — bradou a moça. — Amanhã, ao meio-dia, coloca-te aqui em frente, que eu te darei dinheiro, mas esquece a vizinhança desta casa. Nem sempre estarei como hoje!

— Mas... a prima amanhã não me armará algum laço para me fazer prender? — inquiriu ele.

Cravou-lhe Lésbia límpido olhar, medindo-o com supremo desdém. Baixou ele a cabeça, compreendendo que naquela noite tivera ela mil vezes o ensejo de perdê-lo, se o quisesse.

— Dou-te um conselho: quando vires alguma janela aberta, desconfia sempre porque ninguém costuma dar entrada aos assaltantes. Lembra-te de que, nas horas em que o vulgo dorme prosaicamente e o ladrão exerce a sua indústria, medita o poeta, mirando o firmamento, só, face a face com a própria alma, sondando o infinito. Vai embora, volta amanhã!

— Perdoe-me a escalada, não sabia que esta casa lhe pertencia. Lembre-se de que somos parentes! — suplicou ele, segurando-se à corda.

— Como esquecer o parentesco, comprovado ainda mais pelo fato de vires roubar-me? — insinuou Lésbia, sorrindo, irônica, e debruçando-se para vê-lo descer. — Oh! Arnaldo! Não seria melhor para ti soltar este gancho e deixar-te cair?

XIX

Horrorizado, estacou o miserável, balbuciando:

— Bela, por piedade!

— Tranquiliza-te. Apesar de primos, não temos os mesmos instintos e, muitas vezes, viver é a pior das punições.

Vendo-o saltar ao chão, desprendeu, então, a corda, seguindo-o com a vista enquanto pôde distingui-lo. Fechou depois a janela e se deitou, murmurando:

— Ah! Mundo! Mundo!

XX

ossuem todas as alegrias humanas o seu reverso tristonho, feito de desgostos e dissabores. Atingira Lésbia o ponto culminante da sua ascensão literária, conseguindo entusiasmar até aos compatriotas, o que é em extremo difícil, porém, no meio do seu triunfo, vieram lembrar-lhe dois incidentes cruéis de que ela era mortal e sujeita às provações da vida.

Perdeu primeiro o pai e, seis meses depois, a mãe, apesar do carinho e solicitude com que a disputou à inexorável morte. Indignada, fremente de desespero, revoltou-se a moça contra essa lei fatal da destruição. Invadiu-lhe a alma alguma coisa de sombrio, isolando-a de toda a convivência, absorvendo-a em dolorosa cisma, tornando-a quase alheia à presença do próprio Catulo, que lhe respeitava o silêncio, cercando-a de desvelos e pensando, com a sua ternura, o agror daquele pesar tão profundo.

Todos os dias, ia Lésbia ao cemitério, passando horas e horas junto ao túmulo dos pais, pálida, indiferente ao que a cercava, como que face a face com o espírito daqueles a quem tanto havia amado, murmurando palavras ininteligíveis, incubando um poema onde o seu desgosto se expandisse, aliviando-lhe o seio opresso e imortalizando as suas saudades, as suas caras lembranças e a sua filial piedade. Quando baixava a noite, apreensivo, ia-lhe Catulo ao encontro, aproximava-se dela, sem que o pressentisse, com ternura abraçava-lhe a formosa cabeça, ajudava-a a erguer-se, dizendo-lhe persuasiva e brandamente:

— Vem descansar um pouco; amanhã voltarás.

E ela o seguia, atraída pela brandura da voz suave a emanar carinho, que a consolava sem vãs palavras, mas unicamente com a constante solicitude de uma afeição perceptiva, zelosa e extraordinária.

À medida que escrevia os cantos compostos junto às queridas lousas, abrandava-se também aos poucos a intensidade da sua dor. Ao terminar o poema, sentiu enfim Lésbia essa infinita saudade que nunca morre, mas que não mortifica porque amolece a alma, em vez de irritá-la.

Modificando-se o estado agudo do seu sofrer, recrudesceu pela gratidão o imenso afeto que ela votava ao amante, a esse homem tão nobre, tão digno de ser amado, tão superior a todos os outros. Mais que nunca, compreendeu quanto se havia identificado com ele. De há muito despida de ilusões, só afeiçoava a sua grande alma aos pais e a Catulo. Perdendo os primeiros, concentrou no último toda a ternura que lhe enchia o coração, considerando-o como família, verdadeiro amigo e o maior encanto da sua existência.

E, aos poucos, transformou-se o amor que ele lhe inspirara em uma dessas afeições poderosas, revestidas de gratidão, de força de hábito, de real estima, que soem resistir ao tempo, à intimidade e a todas as vicissitudes humanas.

De há muito tencionava Lésbia visitar a Europa e, sobretudo, Roma, onde o gênio tem a sua verdadeira sagração; depois de publicar o seu último poema, partiu, enfim, acompanhada por Catulo. Antes de chegar a Lisboa, sofreram medonho temporal, correndo o vapor sérios perigos e ficando bastante avariado. No meio do pânico geral, sobraçou Catulo a amante para morrer conchegado a ela e, desesperado, balbuciou:

— Oh! Lésbia, pois tu morrerás assim, miseravelmente, em pleno oceano?

XX

Pálida, com os braços cruzados, como que desafiando o furor das ondas, de sobrolho carregado, mais irritada do que atemorizada, bradou a moça, com amargo sarcasmo:

— Aqui ou em nossa terra, de um modo ou de outro, não pagaremos sempre esse miserável tributo de extinção? Para que também o homem, esse verme ambicioso, luta pela vida, se antes de atingir o seu fim é tolhido pela morte ou pelo decrescimento do próprio espírito?

Quando serenaram as vagas e aquietou-se o tufão, quando enfim o comandante asseverou aos passageiros que não tinham a recear nenhum perigo eminente, Catulo, o homem forte, apertou Lésbia febrilmente ao seio, orvalhando-lhe os cabelos com suas lágrimas. Tornara-se fraco por amor dela, mas também com que olhar e com que sorriso foi ele compensado? Cada um deles resgataria uma existência de prantos.

Chegando a Portugal, seguiram por terra para a Espanha e de lá para a França, de onde se dirigiram à Itália, demorando-se nos dois primeiros países só o tempo necessário para repousar. Antes de tudo, queria Lésbia ir a Roma locupletar-se do belo, revestindo-se do classicismo; depois, como *touriste*, percorreria o resto da Europa.

À noite, entraram na cidade santa, sentindo o religioso recolhimento de quem penetra em grandioso sepulcro, cheio de misteriosos rumores, como que povoado pelas sombras que ali jazem tolhidas pela imobilidade, enquanto seus vultos palpitantes passam de século a século, aureolados pela glória ou estigmatizados pela dissolução e pela crueldade.

Durante um ano, conservou-se Lésbia em Roma, visitando todos os dias uma igreja, um monumento, um museu, passando largas horas só, face a face com o espírito de um gênio, identificando-se com a pujança daqueles poemas escritos no mármore ou nas telas, demonstrando a grandeza humana na admiração sempre crescente dos hodiernos e vindouros pelas obras dos que de há muito pereceram.

LÉSBIA

Demorou-se também em Nápoles, Siena, Pisa, Florença, Veneza, Gênova e Verona; nas outras capitais europeias, passou como *touriste* despreocupada, rica e de bom gosto. Voltando ao Brasil, depois de oito anos de ausência, recebeu uma estrepitosa manifestação dos seus entusiastas em festejo ao feliz regresso à pátria de filha tão ínclita.

XXI

Meses depois da sua chegada, em toda a parte aonde ia, via Lésbia o dr. Alberto Lopes, rapaz distinto, fitar-lhe um desses olhares impregnados de admiração e carinho em que a alma se confessa cativa. Alçava ela os ombros, achando-o um tanto tímido, e não lhe prestava maior atenção. Afinal, em uma reunião, vencendo preconcebida reserva ou, antes, inexplicável temor, pediu ele a um amigo que o apresentasse a Lésbia, e esta o acolheu com a sua costumada amabilidade.

Durante a ceia, serviram-na diversos cavalheiros. Quis também Alberto oferecer-lhe qualquer coisa para ter o ensejo de acercar-se dela e de merecer-lhe uma palavra, um olhar, um gesto. Vendo-a esgotar a taça de champanhe, tomou pressuroso da garrafa. Estendeu-lhe ela o copo, derreando um pouco a cabeça para trás, a fim de agradecer-lhe, ficando assim o seu adorável semblante algumas linhas abaixo da fronte do mancebo. Empalideceu este, sentiu deslumbramentos, cerrou as pálpebras e deixou-a apressado, procurando ar, quebrando aquela magia que o conturbava, magoando-o como um excesso de volúpia.

Sorriu Lésbia, adivinhando a impressão que produzira e a que de há muito se habituara, resignando-se à sina de sempre provocar sensações capitosas mais ou menos duradouras. E dali em diante, nos passeios, nos teatros e até nas excursões onde procurava uma inspiração ou um idílio com a natureza, até aí deparava com Alberto, correto, reservado, quase receoso.

Ao princípio, divertia-a essa perseguição, mas pouco a pouco impacientou-a, tornando-se verdadeira obsessão. Retratando fielmente todos os seus sentimentos, a sua móvel fisionomia advertiu ao jovem da sua imprudência, pungindo-o deveras. Não o encontrando mais em seu caminho, julgou-se Lésbia livre dele, se bem que o moço continuasse a segui-la, tendo, então, o cuidado de se ocultar, mas um incidente demonstrou à linda mulher que ela se enganara. Em dia chuvoso, apeando-se do cupê, escorregou e teria caído na lama, se Alberto não a sustivesse em seus braços trêmulos. Voltando-se vivamente, reconheceu-o ela, agradecendo-lhe o pronto socorro que a impedira de fazer triste figura, acrescentou, sorrindo um tanto enleada.

Voltando à casa, estava de mau humor, irritando-se à ideia de que ele continuara a persegui-la. Demonstrou-lhe claramente a aparição do mancebo o jogo de que usara desde que a libertara da sua presença. E de envolta com o agastamento, surgia-lhe ao espírito a imagem de Alberto inquieto, com o semblante coberto de nervoso palor, fazendo sobressair o fino bigode negro e a chama dos olhos sob as protuberâncias da fronte.

Percorreu-lhe os membros incandescente frêmito, sentindo ainda a pressão dos braços que a haviam cingido em febril convulsão e o calor daquele peito ofegante, onde o coração palpitava como pássaro aprisionado.

Indignada, sorrindo sarcástica, evocou Catulo, o incomparável amante, e aterrorizou-se pela quase insensibilidade que essa lembrança lhe causava. Como um náufrago que se agarra ao lenho salvador, procurou apegar-se ao homem superior que lhe dourava a existência com o seu grandioso afeto, mas dez anos de incessante convívio haviam amortecido os entusiasmos e os arroubos dos primeiros tempos.

Revoltada consigo mesma, acusando-se de ingratidão, achando-se vil e amesquinhada, fechou os olhos, violentando

XXI

a imaginação, obrigando-a a relembrar uma a uma as cenas de outrora, exaltando-se, elevando Catulo às nuvens, mas o seio não se agitava, enquanto as artérias, latejando, magoavam-na, provocando-lhe febre.

Entorpecida, enervada, permaneceria largas horas assim, se não pressentisse o conhecido passo do amante. Invadiu-lhe a fronte uma onda sanguínea, importunando-a ele pela primeira vez e pesando-lhe a ligação tão terna e afetuosa que até ali os unira. Avistando-o, sufocou o que experimentava, correndo-lhe ao encontro, abraçando-o com frenesi como se lhe pedisse proteção e conforto, beijando-o calorosamente e bradando em resposta a íntima objeção:

— Amo-te! Muito! Muito! Ouviste?

— Nunca duvidei disso, cara amiga — retorquiu ele, com a sublime seguridade da fé, enquanto inconcebível tristeza enchia a alma de Lésbia.

Por um feliz acaso, nesse dia mostrou-se Catulo de um espírito cintilante, mordaz, acidentado, desses cambiantes que tanto encantavam à ilustre mulher, deixando-se ela prender àquela voz amada com vívida saudade, como se devesse perdê-lo para sempre, sorrindo-lhe com doçura ao tempo que o soluço lhe embargava a voz e a lágrima lhe umedecia o olhar merencório e súplice.

Interrompendo-se pelo quase silêncio de Lésbia e embevecendo-se em contemplá-la, notando a expressão comovente e fulgurante da fisionomia a lembrar uma verdadeira cabeça de mártir, colheu-lhe o busto, estreitando-a com amor, beijando-lhe o colo, fazendo-a estremecer em dolorosa sensação e avivando, pelo seu contato, a recordação do outro.

Estavam ambos pálidos — ele, de emoção, ela... de remorso por uma culpa involuntária, odiosa, que a torturava, apoucando-a aos próprios olhos e fazendo-a enrubescer. Quando Catulo se retirou, solevou-lhe o peito um suspiro de alívio como sinal de libertação. Então, viva projetou-se a luz no espírito da grande psicologista, erguendo-se ela fremente, apertando o coração e bradando em voz alta:

— Miserável! Tu me enganaste! Julguei-te preso para sempre a Catulo e perjuraste o teu afeto... sê maldito!

XXII

Era Alberto Lopes filho único de um empregado público, honrado e econômico que somente vivia do seu ordenado e, dia a dia, ano a ano, preenchia a árdua tarefa de pai de família consciencioso, sem estrépito, na estreita periferia do lar, sentindo-se de todo compensado pela proveitosa aplicação do menino, a quem educara à custa de sacrifícios e privações.

Teve Alberto feliz infância, bafejada de carinhos e dividida entre os folguedos e os estudos, colhendo nos conselhos do pai e nos sorrisos maternos incentivo e recompensa aos seus labores, sorrisos aos quais, aos dez anos, se vieram juntar os de uma gentil companheira, a priminha Heloísa, que por sofrer a irreparável desgraça da perda materna, tendo pouco antes lhe falecido o pai, encontrou maternal afeto na tia e prendeu-se ao primo, que lhe adivinhava os desejos e que tão bem sabia distraí-la, entretendo-a horas e horas.

Como prometedora planta, desenvolveu-se Alberto naquela atmosfera santa da família, estudando com afinco e aquiescendo a todos os projetos que os pais formavam sobre o seu futuro. Negam os espíritos fortes a evidência de certas influências fatídicas mais ou menos comprovadas; aceitam-nas, porém, de boa mente os romancistas, sobretudo quando dimanam da mulher, origem de todo o encanto e de todo o prestígio.

LÉSBIA

Tinha Alberto doze anos quando lhe chegou ao ouvido o nome de Lésbia, ora elevado às nuvens, ora vilipendiado pela inveja e pelo estúpido preconceito da mediocridade. Entusiasta, aferrado às próprias ideias, antes disposto à benevolência do que à crítica, como acontece em geral a todas as crianças, quis o menino julgar por si mesmo a escritora que lhe diziam jovem e bela.

Emprestou-lhe um colega um dos romances de Lésbia. Devorou-o ele às ocultas, experimentando violentas emoções que lhe convulsionavam o organismo, dissipando as névoas da infantil imaginação, abrindo-lhe novos horizontes que o ofuscavam, cortando-lhe a respiração, sufocando-o em estranhas sensações demasiadamente fortes para a sua idade e inexperiência.

Pálido, ofegante, fechava o livro, cerrava as pálpebras, procurando adivinhar aquela mulher divina cujos escritos lhe deixavam na alma um traço incandescente. Criava-a, ora loira, suave, meiga; ora morena, de olhar sombrio; já castanha, alva, rósea; já ruiva, com lábios rubros e olhos esmeraldinos. E todas essas imagens eram belas, porém ele sucessivamente as rejeitava, achando-as pouco dignas de retratarem a desconhecida criatura que tanto o conturbava, povoando-lhe os sonhos de menino e matizando-lhe o desabrochar dos seus devaneios de rapaz.

Dali em diante, estudou com mais fervor, sorrindo a uma ideia que lhe atravessara a mente e que consistia no seguro meio de obter os livros de Lésbia e de lê-los à vontade: conseguiu tirar distinção nos exames e pediu, em íntimo sobressalto, como recompensa, todas as obras da escritora.

Com suas economias, comprou uma estantezinha catita, colocou-a pouco distante do leito e encheu-a dos amados livros, novinhos, com o especial perfume das folhas virgens, irmamente conchegados, luzidios, em vistoso mosaico, onde os títulos brilhavam em letras douradas.

À noite, antes de apagar a vela, seu olhar fatigado mirava os cambiantes da estante e, ao despertar, sonolento, era ainda ela a sua primeira preocupação. Se a qualquer hora ouvisse o brado

XXII

de *fogo*, procuraria ele unicamente salvar as obras de Lésbia, abandonando os demais objetos que, no entanto, também lhe eram caros.

Tanto indagou que descobriu a morada da distinta mulher, mas não logrou vê-la, o que deveras o desconcertava. E chegou a sua má sorte ao ponto de não poder divisá-la numa ocasião em que passava de carro, junto a um grupo que a designou à sua viva curiosidade, e, entretanto, voltara-se ele com toda a rapidez e abrira desmedidamente os olhos, sentindo deslumbramentos que o cegavam e ficando-lhe em torno tudo escuro e vazio.

Quando para a Europa partiu Lésbia, tinha ele quinze anos. Pouco depois, concluindo os preparatórios, matriculou-se na faculdade de São Paulo, de onde voltava logo que terminavam os exames, dando ótimas contas de si, portando-se bem, não abusando da benevolência paterna e contentando-se com módica mesada.

Nas férias do quarto ano, veio ele encontrar a priminha Heloísa esbelta, adorável, no verdor das quinze primaveras, em que a mulher tanto se assemelha à flor em botão: ainda não espalha e ostenta todo o perfume e brilho, porém já encanta e prende. Mirando-a, sentiu Alberto tomar diverso caráter a ternura fraternal que até então os unira, experimentando íntimo sobressalto ao fitar aqueles olhos que o evitavam, o leve rubor que tingia as faces da mocinha e a agitação do seio virginal, soerguendo o corpete elegante e singelo.

Seria isso amor ou a irresistível e indefinida atração de um sexo pelo outro? Quem o poderia saber? Talvez ambas as coisas ou uma só delas, que o tempo apagaria sem deixar vestígio, ou marcaria indelevelmente para sempre. No entanto, começam esses dois resultados tão dessemelhantes com os mesmos alvoroços e com os mesmos receios, terminando de modo tão diverso. Em sincera expansão, juraram as duas crianças eterno afeto, juntas entretecendo as alegrias do futuro com suaves e gentis devaneios, bordados da sã honestidade de suas almas crentes e boas.

Volvendo a São Paulo a fim de terminar o curso, levava Alberto no seio uma centelha dessa força indômita que tudo arrosta, sem conhecer obstáculos nem desânimos. É que penetrara o amor no seu espírito ordeiro e severo cumpridor dos deveres, poetizando-lhe as aspirações e dourando-lhe a louvável ambição de subir pelo trabalho.

Voltando ao Rio, depois de formado, pai e filho abraçaram-se comovidos em grata expansão, fruindo o júbilo de se haverem reciprocamente indenizado. Aos vinte e um anos, entrou Alberto na vida, seguindo a advocacia à sombra de um distinto jurisconsulto que o estimava deveras pelas suas aptidões e excelentes qualidades.

Cheio de promessas mostrava-se o porvir aos enamorados primos, que se contentavam com a mútua ternura do presente, confiados um no outro, sem pressa pelo casamento que lhes aparecia como a doce realização de seus caros sonhos, e não como a cadeia que deveria prender-lhes a sorte, evitando-lhes o perjúrio.

Dividia Alberto o tempo entre o trabalho e algumas diversões próprias da sua idade, regressando ao lar com a mesma placidez com que saíra, sem que uma influência externa enublasse a imagem de Heloísa, que lhe iluminava a vida. E no dia seguinte, sem que ela o solicitasse, impelido pelo afeto, contava-lhe o que vira e fizera, nada omitindo, feliz por trazê-la ao corrente do seu proceder, recebendo em troca o límpido olhar da criança que o adorava.

Completara Alberto vinte e três anos e Heloísa, dezoito. Esperariam ainda mais dois anos e então realizariam o desejado enlace, que os uniria à face de Deus e dos homens, na vida e na morte, nessa eternidade humana que se traduz por sempre, caminhando a sorrir de mãos dadas, sem temor dos cabelos brancos nem do isolamento da velhice.

Por esse tempo, tendo Lésbia regressado da Europa, o entusiasmo que ela infundira em Alberto menino reapareceu vivaz no mancebo impressionável e ardente. Heloísa, que se identificara com os gostos e predileções do primo, também sentiu

XXII

aguçar-se-lhe a curiosidade e desejou conhecer a escritora. Logo que Alberto entrava em casa, perguntava-lhe a donzela se havia visto Lésbia, recebendo sempre resposta negativa, até que, um dia, ao almoço, radiante, como que transfigurado, relatou-lhe o rapaz o almejado encontro que se efetuara na véspera.

Tendo ido a uma reunião, ouviu de repente pronunciar o nome de Lésbia. Voltou-se vivamente e deparou com a formosa criatura, que excedia a tudo quanto ele havia imaginado. Surpreso, pregado ao assoalho, sem poder desviar o olhar da sedutora aparição, experimentou singular emoção: um aperto de coração seguido de inconcebível tristeza e de profundo pesar por se julgar tão novo ainda, tão destituído de merecimentos, tão nulo para acercar-se dela.

No meio daquela fascinação em que a alma tomava proporções absorventes, rápida passou-lhe pela mente a imagem de Heloísa, provocando-lhe febril movimento de impaciência e quiçá de desagrado, de onde se originou o remorso. Atemorizou-se-lhe mesmo a consciência quando, ao comparar involuntariamente as duas moças, deu a primazia a Lésbia, mas serenou-se um pouco, murmurando:

— Ora! Heloísa é um anjo de meiguice e esta... é um ser à parte, que não admite comparações. Oh! Como é bela! De estranha formosura!

Absorto, conservou-se toda a noite a pouca distância de Lésbia, magneticamente atraído. Retirou-se ao vê-la partir e entrou em casa contrafeito, inquieto, tentando banir aquela encantadora alucinação e procurando prender-se à noiva, que lhe inspirava infinda piedade. Não pôde dormir. Fumou charuto sobre charuto, passeando pelo aposento, irritado pela perseguição de que era vítima. Afinal, parando em frente à estante das obras de Lésbia, tirou um livro ao acaso e leu-o com férvida atenção, procurando na escritora um reflexo da mulher.

Quando a aurora lhe clareou o quarto, fatigado, vencido pela etérea visão, caiu sobre o leito e teve um breve sono agitado por enganosos sonhos, acordando sob o violento influxo da mesma ideia com que sucumbira ao cansaço.

Não notou Heloísa, a cândida criança, o febril entusiasmo de Alberto, relatando-lhe o encontro da véspera. Ouvia-o, admirando-lhe o brilho do olhar e questionando-o miudamente sobre a escritora, sem adivinhar que daquele encanto sairia a sua desdita.

— É bonita? Clara ou morena? Alta ou baixa? Como estava vestida?

— É formosíssima, alva, com uns olhos sombrios, profundos, de incomodativa expressão. A estatura é mediana. Quanto ao vestido, não sei nem a forma, nem a cor.

— O que dizes? Olhaste tanto para ela e ignoras a cor do seu vestido! Enfim, os homens pouca atenção prestam a essas minudências. Mas, ao menos, com quem se parece ela? Vê entre as nossas conhecidas?

— Oh! Com nenhuma! — atalhou ele, com leve desdém.

— Assemelha-se a alguma das estátuas ou dos quadros que tenhamos contemplado? — insistiu a mocinha.

— Qual! Ela é ela! Quando a vires, dirás se tenho ou não razão.

E desse dia em diante, como incauta falena, andou Alberto sempre em busca da luminosa criatura, perdendo a tranquilidade d'alma, a quietação do espírito e a uniformidade do caráter. Irritava-se por qualquer coisa, sem mesmo atender a Heloísa, que o desconhecia, sofrendo em silêncio.

Por fim, resolveu-se a afrontar o perigo: quis ser apresentado a Lésbia, falou-lhe, bebeu-lhe as palavras, embriagou-se ao som daquela voz grave e musical e viu-se perdido, preso, incapaz de lutar, convencido de que aquela obsessão incessante era fatal, pois, desde longo tempo, antes mesmo de conhecê-la, já ela influía em sua vida.

Seguiu-a como a sombra ao corpo até que um gentil amuo provou-lhe que era importuno, pelo que tratou de ocultar-se sem cessar de acompanhá-la, traindo-lhe, porém, a perseverança o

XXII

incidente do carro e o seu rápido auxílio, impedindo um fracasso, como já referimos.

E enquanto revoltava-se Lésbia a querê-lo e a recear vir a amá-lo, encerrava-se Alberto em seus aposentos, ébrio de emoção, aspirando avidamente o seu fato, impregnado do perfume da mulher amada, tão sutil, tão penetrante, volatilizando-se no espaço e encadeando a alma com invisíveis liames.

XXIII

Desde esse momento de rápido contato, ficaram moralmente ligados, sendo perseguidos pela mútua lembrança que em vão tentavam esquecer. A todas as horas, a mesma imagem, o mesmo ser, em viva rotação, alucinando-lhes o cérebro e enervando-lhes o organismo. Procurou Lésbia amesquinhar Alberto, negando-lhe toda e qualquer qualidade, se bem que mal o conhecesse, convencendo-se em pouco de que não se pode analisar o ente amado nem repelir o que fascina. Abatida, mas, ainda assim, rebelde ao jugo que já a dominava, murmurou, desolada:

— Envelhece a cisma incessante. Necessariamente engendra uma ideia fixa a monomania, e esta, a loucura geral. O que possui esse rapaz para agitar-me tanto? Nada, talvez. E eu, que tudo conheci e a quem tudo desencantou, eu, que havia suplantado todos os maus desejos, refugiando-me no afeto de Catulo, hei de voltar parvoamente às decepções e aos dissabores de uma paixão que me levará a tristes extremidades. E que paixão! Um desses invencíveis arrastamentos, semelhantes à linha matemática, partindo de um ponto determinado e estendendo-se ao infinito. Uma paixão medonha, monstruosa, eivada de insensatez e de ridículo, enfim, o horrendo amor senil! Sim, essa feia e degradante inflorescência da velhice, acre, mordente, envergonhada

LÉSBIA

de si mesma, é o que experimento. Quarenta anos! Idade cruel em que se evolam os restos da mocidade, dando passagem ao sombrio decrescimento da beleza e da frescura. E ao entrar no ocaso, com a vista já enublada de névoas, por que ainda sinto o doentio ardor dos últimos raios do sol antes de obumbrar-se? Será esta, ao menos, a última provação da vida, a suprema angústia que extravasa d'alma? Oh! Meu pobre Catulo... agora, só agora, compreendo a natureza do teu amor: constante, paciente, capaz de sacrifícios e de imolar-se para facilitar a ventura daquele a quem se ama. E eu, que repetia a todo instante a frase de Chamfort — o amor é o contato de duas epidermes e a troca de duas fantasias —, no entanto, eis-me escravizada a uma criança que poderia ser meu filho! É talvez um resultado da velhice esse extremo materno, inato em todas as mulheres e que se acentua com o volver dos anos.

Mas sedutora e íntima voz mostrava-lhe o indizível encanto de apoderar-se de um coração jovem que começa a desabrochar como flor suave, exalando perfumes ao primeiro beijo do sol. É tão bom colhê-la nesse momento, aspirá-la sofregamente, faná-la quase, lançando-a exangue no caminho, onde o orvalho a reanimará em breve para deliciar outro viandante.

E quanto orgulho de ser o móvel da alegria e do pesar de outrem, de provocar beatífico sorriso ou amargurada lágrima, sem nenhum direito para exercer esse poder e sem temor de nenhuma força repressiva. Quanto gozo em submeter à nossa vontade o que nos rodeia, despertando sentimentos de amor, de dúvida, de receio e de esperança. Miserável ambição humana! Não vês os destroços produzidos por um momento de vã satisfação?

Empanava sombria tristeza o olhar de Lésbia no meio desse cogitar que a torturava, ora febricitando-a em amorosos devaneios, ora abatendo-a com a lembrança de Catulo, que lhe dera dez anos de inalterável ternura e a quem devia compensar talvez pelo mais cruel abandono ou pela renúncia desse incomensurável amor que a fizera outra, desvendando-lhe desconhecidos horizontes.

XXIII

Sentindo-se quase perdida, não sabendo mais para quem apelar, conspirou-se contra o mísero Catulo, exprobrando-o *in petto* por não saber prendê-la, aliando, assim, a injustiça à ingratidão e ao olvido, arrependendo-se incontinenti da sua iniquidade e jurando tudo sacrificar-lhe.

Agitavam-lhe o cérebro mil ideias contraditórias, sucessivamente afagadas e repelidas: fugiria de Alberto, iria de muda para a Europa ou trataria de olvidá-lo, o que não seria impossível, pois têm-se visto coisas mais difíceis. Deixaria então o formoso Brasil? A cara pátria onde tanto sofrera e lutara para alcançar um nome, e justamente depois de conseguir esse *desideratum*? Não! Ficaria, evitando encontrar o mancebo, procurando mesmo apresentar-lhe alguma jovem que a banisse daquele coração móvel e impressionável, dando a outra o que não poda aceitar.

Longe de rejubilá-la, porém, causava-lhe essa desistência sensação cruciante, como se um ferro em brasa lhe queimasse as mais delicadas fibras, convulsionando-a como se se tratasse de um sacrilégio. Depois do incidente do carro, começou Alberto a frequentar-lhe a casa, mas com toda a reserva, cerimonioso, nos dias em que ela recebia, preferindo vê-la em companhia de outros a afrontar os perigos do *tête-à-tête*: era a timidez do verdadeiro amor amplificada pela superioridade daquela que o inspirava.

XXIV

proximando-se o aniversário natalício de Lésbia, induziu-a Catulo a dar um banquete no palacete do Rio Comprido, expedindo convites aos representantes da imprensa, aos literatos e a diversas famílias gradas. Enquanto escrevia o amante os respectivos endereços, contraíram-se os lábios da ilustre mulher no indefinível sorriso de que Byron possuía o segredo.

Lembrava-se de que muitos escrúpulos, muita inveja, muitos rancores fariam uma trégua para sentar-se à sua mesa, sob o seu teto, esmerilhando o seu luxo, esvaziando-lhe a adega, esqueci-dos de que ela era essa mesma criatura que taxavam de imoral porque tinha a coragem de seus atos, afrontando essa desprezível e gangrenada sociedade que perdoa todas as vilanias, desde que se revistam de fingido decoro.

E as mulheres, eméritas na dissimulação, saberiam sorrir-lhe docemente, bajulando-a, aparentando ardente entusiasmo pelos seus méritos, que não podiam avaliar e que muitas vezes haviam tentado deprimir, classificando-os de pedantismo.

Tinha Lésbia razão de sorrir porque, no Rio de Janeiro, mui-tos protestos de ódio, muitas suscetibilidades desaparecem ante uma boa mesa com os culinários requintes franceses ou mesmo brasileiros. Entre dois pratos e algumas libações, embora temporariamente, confraternizam dois inimigos figadais.

Se não fosse a hipocrisia humana, ainda teríamos outra *great attraction*, cheia de cintilações deslumbrantes e a que ninguém faltaria — reuniões de maledicência, onde não se poupassem as próprias cãs, fazendo-se, para isso, retrospectos ao passado. Como por encanto, transformou-se a principesca habitação de Lésbia, convertendo-se os aposentos do primeiro andar em salões para o baile. Ao rés do chão, na grande sala do bilhar, abrindo sobre imenso parque, puseram a mesa do jantar com cem talheres, onde a prata, os cristais e as flores cambiavam à maravilha.

Ostentavam graças, belezas e ricos adornos encantadoras mulheres decotadas, sobressaindo vivamente dentre as esguias casacas que as ladeavam, espalhando no ambiente, de envolta com o açucarado cheiro dos vinhos e das madressilvas, esse inebriante e misterioso olor feminil, mais capitoso que o champanhe e o *lacryma-christi*.[16]

Saudavam-se com amabilidade redatores antagonistas que se haviam descomposto na véspera, observando-se reciprocamente de soslaio, a ver se, em falta de melhor, apanhavam qualquer cacoete do adversário para novo assunto de polêmica. Distinguiam-se os literatos *purs-sang* dos de segunda linhagem pela lhaneza do verdadeiro merecimento, enquanto mostravam os últimos afetada sobranceria, própria para embaçar o vulgo.

Atravessaram o espaço brindes, discursos, sonetos, ramilhetes de retórica, vindo cair aos pés de Lésbia, serena, adorável, recebendo-os com o seu sibilino sorriso de esfinge: estava acima de tudo aquilo e, ainda assim, haviam-lhe, durante algum tempo, sonegado as homenagens que lhe eram devidas.

Assistia Alberto ao jantar, sofrendo de modo horroroso. Cada saudação dirigida a Lésbia era um dobre de finados sobre as

---

[16]Tipo de vinho. (N.e.)

XXIV

suas caras esperanças. Quem era ele? O que fizera para ousar fitar aquele astro? Sufocava-o a amargura, fazendo-o descrer de tudo e amaldiçoar a própria juventude, que é o melhor dos dons outorgados à criatura. Entretanto, se lhe fosse dado adivinhar, como ficaria desvanecido! No meio daquele bulício, daquelas manifestações, daqueles triunfos, principalmente a ele via Lésbia, orgulhando-se por lhe aparecer em todo o esplendor da glória e do renome.

Mais tarde, mostrava-se nos magníficos salões a melhor sociedade da corte, exercendo as filhas de Eva o seu império, entre sorrisos e olhares provocadores. Porém, junto a Lésbia, pouco valiam todas aquelas sereias de vinte anos.

Trazia ela longo vestido de *surah* violeta, patenteando-lhe a fosca brancura dos braços, envolvendo-a em encantadora suavidade e destacando ainda mais o negror dos lindos cabelos, onde se aninhava uma rosa natural de leve nacarada. Não conseguiam as vestes encobrir seu corpo de estátua e, antes, como que o desnudavam, amoldando-se aos graciosos contornos e tentadoramente os desenhando.

E ela, aviventada pelo fogo sagrado, sempre a voejar pelas regiões do ideal, desprezara a banal lisonja que se prodigaliza às mulheres formosas e esquecera-se de que era bela como uma deusa. Que lhe importavam esses deleites que todas as outras poderiam ter?

Sucediam-se as danças com animação, multiplicando-se Catulo, a fim de diminuir as fadigas da amante, contemplando-a de longe, achando-a resplandecente e murmurando:

— Que encanto se desprende hoje de Lésbia! É uma verdadeira fulguração. E esse brilho me oprime o seio como funesto augúrio. Só a paixão dá à mulher essa irradiação sublime!

Lésbia não dançava; devia-se a todos os convidados, distribuía sorrisos e finezas, proporcionando aos outros ensejo de se divertirem e reservando para si as canseiras, que são partilhas da dona da casa. Mas, apesar de tantos cuidados, não perdia

Alberto de vista. Notando que ele entrara em um gabinetezinho transformado em *buen-retiro*, lá foi ter também, magneticamente atraída. Achava-se o mancebo sentado no divã, curvado para a frente, com os cotovelos sobre os joelhos e apertando a fronte nas mãos. Aproximando-se com felino encanto, inquiriu ela:

— Doutor, é fadiga ou tédio?

Sobressaltado, trêmulo, ergueu ele vivamente a cabeça, mostrando o semblante orvalhado de lágrimas, dessas ardentes lágrimas dos vinte anos, saídas tão do íntimo que podem ser consideradas como a essência do sentimento. E Lésbia, a psicologista, para quem a alma humana não tinha segredos, adivinhou em um relance o que experimentava ele. Palpitante, sentou-se-lhe ao lado, inquirindo com voz abemolada:

— Sofre!

Como que vencido pela exuberância do que sentia, sacudiu ele a fronte com violência, cerrou as pálpebras, tendo os queixos presos, passando com certa irritação o lenço pelos olhos e balbuciando:

— Sob pena de parecer ridículo, porque a lágrima amesquinha o homem, serei franco, pois ainda não aprendi a arte de dissimular. Padeço cruelmente, como um maldito, e todo o meu crime é... amá-la, minha senhora! Deve zombar do insensato, porque fui o primeiro a escarnecer de mim mesmo, sem nem assim conseguir apagá-la da mente. Eu, uma nulidade social, encontrei-a um dia e fiquei fascinado! Eis tudo. É bem pouco, mas é imensamente grande a soma dos meus tormentos, dos meus pesares e das minhas lutas. Sou temerário, é certo, e, no entanto, parece-me tão natural amá-la que eu considero todos os homens seus escravos. Perdoe-me tudo quanto hei dito, mas a sua inalterável bondade deu-me forças para tanto dizer. Oh! Se fosse possível odiá-la, eu estaria salvo!

Ouvira-o Lésbia avidamente, bebendo-lhe as palavras, absorvendo pelos olhos, pelo ouvido e pelo olfato aquelas reflexões sentidas, aquelas emoções ainda tépidas com o calor d'alma, que lhe bafejavam o rosto de envolta com o hálito febril daqueles

XXIV

lábios frescos, vermelhos, com a rigidez do pêssego. Abalou-a violentamente um frêmito juvenil, injetando-lhe fogo nas veias, causando-lhe vertigens, renovando-lhe adormecidas sensações que de todo julgara mortas.

Havia no coração misterioso volitar: era a revoada das passadas crenças, das primitivas ilusões, dessas preciosas joias da mocidade que se perdem aos poucos na estrada da vida. E todo aquele bando voltava ao ninho, sedento de conchego, esquadrinhando os interstícios, procurando o preferido cantinho de outrora, com a carinhosa saudade dos que voltam.

Desaparecera o universo inteiro, sumira-se o passado, não existia o futuro e toda a sua existência começava naquele momento, junto ao mancebo que lhe inoculava a sua mocidade, as suas esperanças e os seus ardores. E no meio da eólia melodia daquela confissão, soara uma nota discordante nesse apelo ao ódio como meio de esquecê-la. Quase aterrorizada, bradou, inconsciente:

— Oh! Odiar-me! Sem uma ofensa, ao menos? Isso seria injusto e incompatível com a sua pouca idade. Ódio! Rancor! Mais um travo de fel na minha vida tão dura, pesada! — murmurou, comovida. — Ouça-me, sejamos bons amigos e a intimidade despir-me-á desse prestígio de escritora que me afasta do comum das mulheres. Olhe: começou a minha mocidade em uma luta e terminou em um desencanto. Atribuíram-me defeitos que eu não tinha e negaram-me as qualidades que eu possuía. Era muito sensível a qualquer demonstração de ternura, ofenderam-me mortalmente e tornei-me vingativa. Nasci para amar o mundo inteiro, não me compreenderam, por isso aprendi a odiar. Não querendo despender em vão os meus melhores sentimentos, guardei-os no fundo d'alma, onde morreram à míngua de alimento. Conhecendo todos os embustes da sociedade e toda a perfídia humana, caí na fria e inerte desesperança que mutila a criatura para toda e qualquer aspiração. Morreu, assim, o que de mais puro havia em mim — o coração —, mas a tudo resistiu o cérebro, sempre atraído pelo belo e galvanizado pelo entusiasmo!

"Impeliu-me o instinto de conservação para as letras, apaixonei-me pela literatura, e dos destroços de mim mesma surgiu Lésbia, criação híbrida, filha do sarcasmo e do ceticismo, ora convulsionada pela gargalhada do histrião, ora empalidecida e sombria como a face de Hamlet. Não me ame; eu sou uma forma de mulher inteiramente oca com o cérebro incandescente; uma estátua insensível que se contempla, em quem não se toca e que só vive pela ideia. Desgraçado do que me amar! Será a tenra vítima cheia de seiva, e eu, o sequioso vampiro a absorver-lhe as doces quimeras d'alma, o vigor de ânimo, as alentadas esperanças, deixando-o exangue, cansado da vida. Fuja! Esqueça-me! A mocidade olvida facilmente, ressente-se da proximidade do berço, chora e ri como a criança.

— Ficarei — disse o jovem. — Ontem, talvez pudesse fugir, já agora é impossível. Amá-la-ei, embora esse amor me custe a vida!

Terminava a orquestra os últimos acordes da valsa. De um ímpeto, ergueu-se Lésbia, fitando-lhe os olhos sombrios, infinitos e murmurando com triste sorriso:

— Desvanecer-se-á aos poucos a sua fantasia, como morrem estas últimas notas!

E saiu ligeira, voltando ao salão, deparando com Catulo, que a mirou com profunda ternura. Àquele olhar de cativo que a deleitava, estava ela habituada, mas, nesse momento, causou-lhe vivo pesar, como que um ressaibo de remorso e, impregnada ainda da frescura de Alberto, achou o amante avelhentado. Fatigada, ansiando pela solidão que a deixaria a sós com a imagem do mancebo, ordenou que tocassem o galope final, terminando o baile às quatro horas da manhã.

XXV

eses depois, sofria Catulo de modo horrível, não podendo mais duvidar da sua desdita ou, antes, da desdita de Lésbia. Seguira dia a dia os progressos da paixão da amante por um mancebo que podia quase ser seu filho, temia as consequências dessa alucinação e, ao mesmo tempo, debatia-se entre o amor que a eletrizava e a lembrança da afeição que a ele votava, o que ainda o desvanecia no meio da sua desgraça.

Não se deve incriminar o amante menosprezado por não adivinhar ou prevenir o abandono que o fere. É tão pertinaz, tão enérgico o amor desdenhado que se torna odioso, pois paralisa a força e a dignidade, provocando naquele que o experimenta a vergonha e o desprezo de si mesmo. Obstinado e sedento de vida, agarra-se a todos os subterfúgios como um condenado, recusando acreditar na sentença que o mata porque não quer morrer. Pálido, sombrio, cruzava Catulo os aposentos, murmurando triste:

— Oh! Lésbia, como tão depressa o amaste! Durante esses dez anos passados, dei-te felicidade, preparei-te para um futuro tranquilo, livre de tempestades, que te conservasse sempre no carinhoso círculo do meu afeto. Por que te escapaste destes miseráveis braços que não souberam prender-te? Querida de minha alma, se eu pudesse resgatar a tua serenidade de ânimo por uma eternidade de tormentos... quanta ventura, quanta paixão e quanta mocidade se desprendem do teu olhar quando o fitas... como são ambos belos... e, no entanto, foi também assim que tu me amaste.

Havia momentos em que o mísero febrilmente arrumava a mala a fim de fugir para libertar a amante da sua presença, partindo para nunca mais voltar. Porém, a saudade, um certo dever de protegê-la contra a própria fraqueza e, mormente, a impossibilidade de deixá-la sugeriam-lhe amarga objeção.

E se um dia ela sofresse? Se esse fútil mancebo não correspondesse ao que ela esperava? Se não soubesse compreendê-la? Não! Ele ficaria para contê-la e ampará-la, para consolá-la das decepções e, sobretudo, do isolamento d'alma que consome e enlouquece. Então, acharia o seu persistente e profundo afeto o ensejo de patentear-se por absoluto esquecimento, que é o mais sublime dos perdões. É amor humano, eivado de soberba e de mesquinhez, o que se vinga e injuria, mas o que esquece e perdoa é o amor divino e incomensurável que sagrou o humilde paciente do Gólgota.

Receando trair-se, compreendendo com a percepção de amante idólatra que a sua vista a importunava, apesar de ela não manifestar a mínima impaciência a seu lado, espaçou as suas visitas. Porém, logo que se mostrava, tinha o desgosto de perceber, nos expressivos olhos de Lésbia, a fugaz e esperançosa alegria de o julgar infiel, sufocando com aquela suspeita os brados da própria consciência e sentindo-se quase serenada.

Lastimava-a ele, sabendo que muito padecia porque não ignorava quanto é medonha a agonia de um amor que se extingue, despedaçando-nos nas suas derradeiras convulsões e saindo do nosso seio com pedaços sangrentos e palpitantes do coração. Entretanto, não podia o infeliz amaldiçoá-la, nem mesmo em mente a insultava, primeiro, pela finura da sua educação, e depois, por ser de parecer que ultrajamos a nós mesmos quando ultrajamos aqueles a quem temos amado.

XXV

E tanto a idolatrava que, se porventura o tempo e os dissabores conseguissem apagar um pouco o seu ardente afeto, ainda assim respeitaria aquela imagem extinta, professando a religião da lembrança. E por que inculpá-la-ia? Era ela um astro rutilante, espargindo luzes para todos os lados. Quereria ele ser o único a deslumbrar-se naquele esplendor?

Demais, amara-o profundamente em prolongado idílio, em completa uniformidade de ideias, de gostos e de sentimentos, votando-lhe sincera estima, considerando-o como seu único e verdadeiro amigo até o fatal encontro com Alberto. Se não fosse seu amante, de há muito seria o confidente daquela paixão que a abrasava e que mal confessava a si mesma.

Conhecendo-a como ninguém, tendo lido claramente naquela grande alma generosa, calculava a intensidade dos indizíveis remorsos e dos lancinantes desesperos da apaixonada criatura, receando as insensatas resoluções ou as lastimáveis perplexidades daquele vulcânico e irrequieto espírito.

Acusava-se também de covarde por não atirar-se resoluto à cruel extremidade de uma explicação, simulando mesmo uma deslealdade que favorecesse o rompimento, mas erguia-se insuperável a sinceridade da sua afeição, entrincheirando-se indignada nas mais íntimas fibras d'alma e provocando amargurado pranto.

Somente quando estamos cansados de amar é que suspiramos pela infidelidade da pessoa amada para nos desprendermos da nossa fidelidade, como dizia o profundo e cético La Rochefoucauld.

Incapaz de tomar a iniciativa, desejando e temendo conjuntamente qualquer solução à falsa posição em que se achava, adiava o momento de falar sobre esse assunto à espera de um incidente, de uma eventualidade que lhe restituísse o afeto de Lésbia, suprimindo-lhe o rival, e repetia a frase de Santa Teresa: "Nada deve inquietar-te, nada deve atemorizar-te; tudo passa."

E o que fazia Alberto, enquanto se desalentava Catulo? Deixara-se invadir sem resistência pela imagem de Lésbia, que o deslumbrava em íntimos clarões, eletrizando-o, tornando-o ora feliz e ora desgraçado. Procurou vê-la sem ser visto todos os dias. Enquanto a esperava, achava as horas mortalmente longas; quando a avistava, parecia-lhe que os minutos voavam, sentindo o coração saltar-lhe no peito e julgando morrer pelo excesso de emoções. Cheio dela, voltava à casa ou dirigia-se ao escritório, tendo-a sempre ante os olhos, alheio a tudo e a todos, dominado pelo brutal egoísmo do amor exclusivo.

Às vezes, no meio de suas fatigantes vigílias, passava a sombra melancólica de Heloísa, da casta mocinha toda extremos que lhe tributava sempre os mesmos desvelos, sem querer ver a quase indiferença com que ele a tratava. Impaciente, febril, furioso consigo mesmo, murmurava:

— Terei culpa de haver julgado que era amor essa necessidade de amar que atormentava a minha juventude? Não! Eu não amei a Heloísa. Interpretei erradamente o afeto que lhe votava desde a infância porque a ele se aliara a atração do mancebo pela donzela. Dar-lhe-ei a minha vida, farei mil esforços para felicitá-la, mas não lhe sacrificarei a minha liberdade. Isso nunca! Demais, é tão criança... esquecer-me-á com o tempo.

E admitia o cruel egoísta que Heloísa tivesse a faculdade de olvidar uma afeição que sempre lhe aparecera como um fanal de esperanças quando ele mesmo não possuía a força de banir a impressão mais recente e, portanto, mais fácil de afugentar.

Em parte, merecia desculpa: na idade de Alberto, há impaciência e avidez de conhecer a vida, de extraviar-se em regiões desconhecidas, fazendo, a cada passo, novas descobertas. Escolhe um coração novel um outro coração envelhecido pela experiência, ansiando costear essas margens da existência que ainda não viu e já percorridas pelo outro. Da mesma sorte, faz um derradeiro apelo aos juvenis amores o coração desiludido e gasto pelas decepções, procurando um pouco de seiva e de calor, como essas flores heliotrópicas que se voltam para o sol.

O que havia de misterioso e de imprevisto no amor de Heloísa? Nada, a não ser esse mesmo afeto que crescera com ela, visível,

XXV

singelo, sem falsos rebuços. Quantas surpresas, quantos encantos e contrastes, porém, dormitavam no seio de Lésbia, causando ao mancebo frenéticos desejos de conhecê-los e de colhê-los um a um como preciosas pérolas guardadas em aquário de lágrimas!

Voltando do baile em casa de Lésbia, onde tanto sofrera, era Alberto outro. Nadava em júbilo por haver ousado confessar o seu amor, experimentando, ao mesmo tempo, profundo desânimo, não tendo adivinhado a palpitante emoção da moça e tomando aquele ardente interesse por mera bondade e comiseração. É que ainda estava na aurora da vida, nessa rápida fase em que possui o homem a grande qualidade de ser modesto e de duvidar de si mesmo.

XXVI

Ébrio de amor, insaciável de anelos, tentava Alberto perscrutar o futuro, desesperando-se por julgar que somente obtivera a benevolência de Lésbia, já cansado desse primeiro favor e almejando alegrias mais inebriantes. Nessa disposição de espírito, resolveu-se a vê-la de novo em sua casa, querendo também saber de que modo seria recebido depois que não mais ignorava ela os seus sentimentos. Era irresistivelmente atraído pela alma que o chamava em íntima invocação.

Padecia a ilustre criatura. Sentava-se muitas vezes nesse mesmo divã em que o jovem lhe falara de amor, repetindo-lhe as palavras, querendo descobrir no soalho a marca de seus pés e tentando aspirar o longínquo perfume que dele se desprendera. Gozo pueril do amor, tão fútil e tão consolativo!

Abatida, enervada por sombrio desespero, presa de mil remorsos, ora absorvia-se na pungitiva saudade de Catulo, ora deixava-se prender pelo vulto gracioso de Alberto, subindo-lhe uma onda de fel do coração aos lábios:

— Oh! Por que não te encontrei aos vinte anos, em plena beleza, na confiante serenidade d'alma, cheia desse amor pela humanidade que a experiência destrói aos poucos, quando, enfim, eu era digna de amor e podia amar? Desperdicei meus afetos, dando-os a seres vulgares e falsos que não mereciam tão ricas dádivas; perdi a mocidade, caindo de decepção em decepção; e agora, velha, fanada, desalentada, o que poderei oferecer a um espírito ávido de emoções, senão o meu frio ceticismo e a minha glacial filosofia? Oh! Quanta razão tinha Mme. de Staël de horrorizar-se da velhice e da ideia de aí chegar! Agora é que lhe compreendo em toda a extensão esse sentimento que a esfriava, produzindo vertigens!

"O que daria eu para volver ao tempo de moça, em que a prática do bem me era fácil como um prazer porque o coração transbordava de bondade e de fé... e como se evaporaram rapidamente essas puras ilusões que tanto perfumam o desabrochar da existência. Ah! Se, ao menos nesta hora de provação, me restasse um pouco dessa energia que é a saúde d'alma e de que tanto dispus outrora... mas qual! Nada mais tenho que me auxilie a acabar dignamente a árdua peregrinação do meu viver! Quanto pensamento insensato me atravessa a mente! Há tanta coisa vaga e incompreensível destacando-se, porém, do meio desse caos, insuperável cansaço e indizível tédio.

"E eu, tão refratária ao suicídio, revoltando-me sempre à ideia do aniquilamento e da desaparição da criatura, afago mil vezes ao dia essa extrema solução de todos os males, esse fundo sombrio de toda a alegria. Penso como Rousseau, quando disse: 'Quanto mais reflito, mais me convenço de que a questão do suicídio se reduz a esta proposição fundamental: procurar o seu bem e fugir ao seu mal sem ofender a ninguém é o direito da natureza. Quando a vida é para nós um mal e não beneficia a outrem, poderemos dela libertar-nos. O que dizem os sofistas sobre isto? Primeiramente, consideram a vida como uma coisa que não nos pertence porque nos foi concedida; porém, é precisamente por ser-nos concedida que ela nos pertence.

"'Não lhes outorgou Deus dois braços? Entretanto, quando receiam a gangrena, deixam cortar um deles ou ambos, se for preciso. A paridade é exata para quem crê na imortalidade da alma,

XXVI

pois, se eu sacrifico meu braço à conservação de uma coisa mais preciosa, que é o meu corpo, sacrifico meu corpo à conservação de uma coisa mais preciosa, que é o meu bem-estar.

"'Suporta-se por muito tempo uma existência amarga e penosa. Antes de se resolver deixá-la, porém, logo que o tédio de viver suplanta o horror da morte, torna-se, então, a vida um grande mal do qual nos devemos libertar o mais depressa possível.' Demais, sem filhos, sem encargos de família, quase sem lar, quanto sofrerá na velhice a pobre sacerdotisa do ideal e do belo, observando o decrescimento das suas faculdades e a tibieza do próprio sentimento, congelando-se como flor de estufa exposta ao rigor da invernada? E nenhum bafejo, nenhum calor a revigorará porque nada substitui o influxo da mocidade.

"Oh! Alberto, impele-te a tua turbulenta juventude a desconhecidas alegrias, anseias pelo amor e me pedes ventura. Encontrarias em mim essa quimera evocada pelas ardentias da tua imaginação? Criança! Fanada como estou, poderia eu compreender as delicadezas de arminho de tua alma. Sinto, às vezes, no meu sangue o calor do teu, mas será isso suficiente para ousar encadear a tua vida tão bela ao meu maldito destino?"

Como se respondesse a essa desolada interrogação, assomou a cabeça de Alberto à porta do gabinete. Estremeceu Lésbia com violência, mas dominou o seu enleio e sorriu-lhe, dizendo:

— Entre, chega a propósito. Estava esplimética.

Desvairado, palpitante, acercou-se dela o jovem, apertando-lhe a mão entre as suas e, depois de algumas frases banais, inquirindo de golpe:

— Depois de minha insensata confissão, zombou de mim... escarneceu do meu desgraçado afeto.

— Lastimei-o — murmurou ela, retirando-lhe a mão um tanto trêmula. — Jovem, cheio de esperança, dotado de atrativos, atravessou as salas sem encontrar outro ser nas suas condições em quem vazasse o seu coração, reservando-o para mim, que nada mais tenho. É realmente digno de dó. Cheguei à época em que já não se ama, e o senhor começa agora a amar. Cansada da vida, eu não poderia dar-lhe os ardores que exigiria de mim, e o senhor atormentaria o meu coração, arrancando-lhe, no cadinho do sofrimento, algumas gotas de seiva que me despedaçariam, enquanto eu também torturaria a sua mocidade a fim de apressar-lhe a maturidade, fatigando-nos mutuamente e fazendo-nos amaldiçoar os pesados elos de uma ligação que começaria por doces protestos.

"Todos nós corremos em busca de falaz felicidade que nos leva quase sempre à saciedade e ao desprezo do ente amado sem ao menos termos a generosidade de desculpá-lo nem de reconhecer nossos próprios erros. Se eu tivesse a certeza de poder beijá-lo sem inocular-lhe as minhas amarguras, de poder soltá-lo de meus braços à primeira nuvem de enfado que lhe ensombrasse a fronte, deixando-o partir ainda não de todo desencantado, sem me maldizer nem blasfemar, eu lhe diria: 'Vem a mim, toma essa almejada ventura, este resto de esplendor e de beleza, sê feliz à custa do meu padecer!' Mas essas coisas terminam de modo diverso. Todos esses amores começam antevendo somente eternas delícias e indizíveis volúpias, vivendo, porém, em tormentosa agitação, sem saber morrer a tempo, acabando sempre por se despedaçar e não podendo reatar-se nunca. Felizes daqueles a quem esses choques imprevistos magoam, mas não mancham indelevelmente! E muito mais felizes os que ainda podem respeitar aqueles a quem deveriam amar por todo o sempre!

— Oh! Lésbia, eu nada sei da vida, mas este quadro medonho que acaba de desvendar-me aterroriza-me. Então, não é infinito o amor na duração como o é na intensidade? Oh! Deixe-me, por piedade, duvidar da sua palavra autoritária. Não! Não pode terminar assim esta imensidade que me enche o seio, nulificando os meus primitivos afetos, apagando o meu passado, confundindo o presente e o futuro, a alegria e a esperança em um só nome, em uma só criatura. Ah! Quem sabe se essa aflitiva linguagem não tem por fim desalentar-me, mostrando-me a minha obscura

XXVI

personalidade, sem as seduções do talento nem o prestígio da glória? — disse ele com desesperação.

— A glória! — bradou ela em riso singultoso, como se a alma se estorcesse em dolorosas convulsões. — Quem lhe fala nessa bacante vampira, sempre virgem, sempre fresca, vivendo do suor do gênio, sugando as inteligências eleitas, em insaciável correria, deixando-as exangues, vazias e, muitas vezes, sem o preço de seus labores? A glória! Venenoso e inebriante néctar, demasiadamente forte para o cérebro humano!

"Corrosiva beberagem que nos transforma, que altera o caráter, pervertendo-o quase sempre e condenando-nos ao isolamento de superioridade, despida de ilusões e acossada pela turba vil e medíocre. Livre-o Deus dessa calamitosa mania; ela nos rouba tantas afeições e nos atrai tantos ódios! Talento! E o que me faria o seu talento? Enublaria o puro afeto que me vota, despertando no apaixonado o receio da concorrência e da rivalidade da amada. Não! Vale muito mais a meus olhos tal qual é, dotado de suas qualidades, prosseguindo na carreira do trabalho, tornando-se útil aos seus semelhantes e caminhando na vida com a serenidade do homem cumpridor dos seus deveres.

"E queixa-se de ser muito jovem, quando é esse o seu maior encanto! Li algures este belo pensamento: 'A mocidade é um mal que passa depressa.' E é uma verdade! Não tenha pressa de viver. Beba o orvalho da manhã, desfrute a primavera. Assemelham-se os anos a flores entrelaçadas, não as desfolhe antes do tempo. Creia também na minha experiência: fuja-me como se evita perniciosa influência, e o tempo fará o resto."

— Já empreguei tudo isso sem o mínimo resultado. Crê na fatalidade ou, antes, em determinadas predestinações, cujos efeitos sentimos antecipadamente? Pois bem, é a senhora uma predestinação na minha existência, e julgue por si mesma. Era ainda menino quando ouvi pronunciar o seu nome, designando-a como a *avis rara* e canora das nossas selvas, despertando-se-me a ardente curiosidade de criança, fazendo-me cometer a primeira falta, lendo a ocultas o seu romance *Blandina*. Rasgaram-se-me os véus d'alma, experimentando prematuramente indefiníveis anseios e os vagos anelos da puberdade. Diziam-na bela, e a minha escaldada imaginação criava-a a cada dia com um tipo diverso, adorando-a com entusiasmo sob todas essas formas.

"Na aula, nas recreações, nos passeios, no estudo e até no meu leito de enfermo, eu a via sempre, confundindo-a com as regras de gramática, com o estribilho das cantigas populares, com os sonhos de infante e com as visões da febre. Por sua causa, tornei-me estudioso, achando, na superioridade de uma mulher, o maior incentivo para trabalhar e adquirir uma posição social e, como prêmio dos meus esforços, pedi as suas obras literárias, conservando-as com religioso culto.

"Procurei sempre vê-la sem jamais contentar esse desejo. Quantas vezes estacionei horas e horas em frente a esta casa, que se me afigurava o templo da beleza e da glória! Oh! Lésbia, como não quer que a considere o melhor estímulo do bem se a sua lembrança, só por si, foi o luminoso fanal que me levou ao porto, inspirando-me a louvável ambição de tornar-me útil? Só dois anos depois de formado, logrei afinal a dita de contemplá-la, deslumbrando-me a sua formosura, como já me havia fascinado o seu talento. Deixei-me arrastar com a resignação dos fatalistas, convencido de que nasci para amá-la e de que ninguém se subtrai ao seu destino. E desde esse momento, votei-lhe de modo exclusivo a vida, a ambição, a esperança e toda a virgindade deste coração que tão cedo vibrou ao seu influxo, e que é o meu único bem! Afague-o ou despedace-o como um objeto que lhe pertence de direito. A senhora, que tudo sabe, melhor que ninguém leu o que nele se passava e que eu apenas ousava decifrar.

"Peço-lhe, porém, que não me confunda com o geral dos homens, atribuindo-me intenções que não tenho. Nunca foi a sua imagem toldada por um mau desejo meu. Amo-a com todo o ardor, com todos os delírios de uma paixão voraz, mas sempre ambicionei cingi-la nos meus braços como esposa. Minha, muito

XXVI

minha, só minha! É essa aspiração o cúmulo da audácia, talvez, mas prova-lhe de sobejo a veneração que lhe tributo. De envolta com a febre que me escalda, há tanta pureza no meu afeto que eu sinto Deus abençoá-lo!

"Sou muito moço, Lésbia, tenho muita fé, por isso creio e espero nessa Divina Providência que tudo rege com perfeita equidade. E Deus, que tudo vê e que tudo pode, conceder-me-á a suprema ventura de viver a seus pés, já que permitiu que em toda a parte, em mim e fora de mim, só a veja e só a queira."

Dizendo estas últimas palavras, deixou-se resvalar do divã, beijando-lhe as mãos e os joelhos, belo de entusiasmo e de candura, com o olhar úmido, súplice, apaixonado, receoso, preso aos lábios que o deviam banir ou felicitar. Anelante, pálida, trêmula como ele, inebriada pela melodia daquela voz fresca, sirênica, que lhe convulsionava todo o ser, esquecida de tudo, segurou-lhe com frenesi a fronte nevada, apertando-a ao seio ofegante e murmurando:

— Sê abençoado... tu me remoças!

— E tu me dás a bem-aventurança! — balbuciou o mancebo, cobrindo-lhe as mãos com lágrimas de enternecimento.

De repente, porém, ergueu-se de um ímpeto e, delirante, colou os lábios sedentos contra a boca nacarada da adorável criatura. Foi um desses beijos soluçosos, longos, infinitos, em que as almas se transmitem de um seio a outro. Ao contato daqueles lábios ardentes que tremiam sobre os seus, acudiu a imagem de Catulo ao espírito de Lésbia como a aparição de Banquo, causando-lhe sombrio desespero e profundo remorso. Afastou brandamente a Alberto, mostrando-lhe o desfeito semblante banhado de lágrimas e balbuciando com indizível tristeza:

— Se me amas, deixa-me só. És uma criança. Toma juízo, vai!

Um tanto surpreso, levantou-se o jovem, apertou contra o peito a mãozinha umedecida de emoção e andou de costas, mirando-a sempre até a porta, com submissão e queixume no olhar, demonstrando-lhe que a custo obedecia, e saindo, louco de júbilo e embriagado pela magia da esfinge que chorava.

XXVII

Decorreram mais alguns meses sem que Lésbia tivesse a coragem de sacrificar Catulo nem de ir ao encontro da suprema felicidade que lhe sorria nos lábios de Alberto. Adiava sempre a definitiva solução, dando prova de fraqueza, ela, a valorosa criatura que sempre encarara o perigo isenta de temores.

Esplêndido e de amena temperatura amanhecera o dia; branda passava a aragem entre as flores que erguiam as perfumosas corolas para o céu de um azul puríssimo, trinando os pássaros no cimo das árvores em alegre volitar. Era uma hora da tarde. Estava Lésbia no toucador inundado de luz, aspirando a brisa embalsamada. Achava-se num desses momentos em que a alma tem sede de expansão e de vida, abrindo-se à esperança em risonhos devaneios.

Revoltou-se contra a sua covarde inércia, encarou valente o destino, despedaçando os tropeços que lhe vedavam a ventura e entrando desassombrada nessa região beatífica em que é o êxtase o estado permanente. Dirigiu-se ao grande espelho, mirando-se atentamente com escrupuloso cuidado. Refletiu o cristal formosa aparição envolta em elegante roupão de crepe negro forrado de cetim vermelho de mangas abertas, de onde saíam os braços de fosca brancura, roliços e frescos.

Soabria-lhe os lábios orgulhoso sorriso, observando as puras linhas do rosto, as frontes livres dessas ligeiras rugas precursoras da velhice e o aveludado do pescoço um tanto grosso, admirável de forma, perdendo-se nos contornos do colo ebúrneo, tépido, palpitante como o egrégio busto aviventado pelo ardor de Pigmalião.

— Por que não darei à amada criança estes restos de beleza? São os seus últimos e deslumbrantes lampejos, é certo, pois, prestes a apagar-se, despede a lâmpada a mais viva centelha. Mas, já que não tiveste o iriante brilho da minha aurora, toma, ao menos, estes cálidos fulgores de um crepúsculo de estio.

Sorrindo de modo suavíssimo, inebriada em íntimo arroubo, sentou-se no próximo divã, engolfando-se em encantadoras lembranças.

— Oh! Meu Alberto, como fulgem os teus olhos quando falas no almejado enlace que nos deve unir à face do céu e da terra! Ser tua, só tua, sempre tua, aqui e além! Na vida, dois; na eternidade, um só. Oh! Se eu pudesse desfrutar essa ventura e crer nessa esperança... mas, pobre de mim, o amargor dos desenganos apagou-me essa fé que em ti admiro e respeito sem nela poder esperar, compreendendo-a, no entanto. Como eu te amo, Alberto! Como me sinto fraca e incapaz de me opor à tua vontade! Desposar-te-ei, já que o queres, já que é isso necessário à tua felicidade. Quanto a mim, só o som da tua adorada voz causa-me as mais violentas emoções e contenta-me os desejos.

Foram essas reflexões interrompidas pela aparição de um criado anunciando-lhe a visita de uma moça desconhecida que recusara declinar o nome. Indescritível opressão encheu o seio de Lésbia, causando-lhe o efeito de um mau presságio. Um tanto contrariada por haver despertado do seu delicioso devanear, dirigiu-se à sala, onde encontrou uma jovem pálida, agitada e, ainda assim, gentil segurando-se à cadeira, como se procurasse um apoio contra o tremor das pernas e o excesso de violenta emoção.

XXVII

Avistando a dona da casa, redobrou a sua perturbação. Cerrou as pálpebras, tornando-se lívida, prestes a desfalecer. Para ela correu Lésbia, amparando-a com solicitude e conduzindo-a ao sofá.

— O que tem, minha menina, sofre?

Fazendo visível esforço, sacudiu a donzela a fronte, abriu os olhos secos pela febre, mordeu os lábios, a fim de vencer pela dor física o que havia de acerbo na angústia que lhe apertava a garganta, paralisando-lhe a língua e emaranhando-lhe as ideias. Adivinhou-lhe Lésbia o padecer, apertou-a brandamente ao peito, prodigalizou-lhe carinhos de rola, alisando-lhe os finos cabelos, dizendo-lhe essas mimosas palavras que as mulheres soem revestir de sublime mansidão nos momentos críticos da vida. Operou-se a reação, distenderam-se os nervos, ameigou-se a alma retesada pelo desespero e abundante pranto aliviou o agror de intolerável sofrimento. Dando algum tempo àquele desafogo, disse Lésbia:

— Vejo que tem um pesar. Em que lhe posso ser útil? Fale com franqueza, sem o mínimo receio.

Erguendo para ela uns olhos úmidos, súplices, confusos e tristes, murmurou a mocinha:

— Desculpe-me. Confiei demasiado em minhas forças, julguei que fosse mais fácil dizer o que eu queria. Mas custa tanto...

— Causo-lhe medo? — inquiriu Lésbia, sorrindo.

— Oh! Não, minha senhora! Porém, é difícil confessar assim, à primeira vista, os íntimos sentimentos e as perdidas esperanças. Por este passo temerário que hoje dou, poderá calcular quanto hei lutado e sofrido. Estou em sua presença sem que meus tios o saibam. E mesmo contra os protestos e conselhos da amiga que até aqui me trouxe, vencida pelas minhas súplicas. Mas fiei-me nos meus pressentimentos e na bondade divina, a quem recorri com férvidas preces. Demais, tenho lido as suas obras, sei quanto conhece o coração humano e concluí que deve ter padecido muito, e que será, portanto, mais indulgente que ninguém. Atenda-me e perdoe à aflita! Eu sou Heloísa, a prima de Alberto, em quem nunca talvez ele falasse.

LÉSBIA

— Pelo contrário — objetou Lésbia —, contou-me até vários episódios de infância em que figurava a menina, dizendo-me também que lhe votava fraternal afeto e que foram criados juntos.

— Ah! Vota-me fraternal afeto... não o creia, minha senhora. Éramos noivos, havíamos trocado mútuas promessas de eterno amor, e, apesar da sua atual indiferença, tenho a certeza de que então me amava. E eu, meu Deus, como o adorei sempre... tinha apenas cinco anos quando a morte de minha mãe tornou-me ainda mais pungente a perda desse pai por quem chorávamos ambas. Minha tia chamou-me a si, repartindo seus afetos com Alberto e comigo sem estabelecer diferença entre o filho e a sobrinha. Meu enlutado coração de órfã abrigou-se junto a eles, venerando a mãe e amando estremecidamente o meigo companheiro de infância.

"Com ele aprendi sem fadiga, sem esforço, feliz por me achar a seu lado, identificando-me com os seus gostos e predileções. Professei pela senhora o ardente culto que ele lhe dedicava, admirando-a com todo o entusiasmo de minha alma, a ponto de não poder odiá-la quando soube que ele a amava. Oh! Sim, ele a ama perdidamente! — acentuou ela, vendo o gesto brusco de Lésbia. — Ama-a, e como não amá-la, se a senhora possui irresistível beleza e admirável talento? Ama-a. Eu o sei, eu o sinto pela minha própria desesperação e pelo instinto de mulher amante.

"Oh! Se eu até adivinho quando ele daqui sai, levando no semblante uma espécie de fulguração que unicamente a senhora pode produzir. Oh! Como hei sofrido! Esperei enlouquecer, pedi a Deus a morte, mas ainda estou viva e parece que Deus não me ouve. Os nossos protestos de amor eram ignorados por meus tios. Eles adoram o filho, por isso perdoo-lhes a satisfação que porventura mostrarem à ideia de vê-lo desposar Lésbia, que reúne a tanto prestígio sólida fortuna. Coitados! São pais, hão de querer a felicidade de Alberto.

"Pois bem, eu, tão humilde, tão nula, sem graça, sem espírito, sem beleza, possuindo apenas mocidade e o meu amor, imaginei

XXVII

lançar-me a seus pés, suplicando-lhe que me deixe o coração de Alberto, meu único bem, confiando na grandeza dessa alma onipotente que tudo compreende, que tudo releva! Oh! Lésbia, a senhora tem a glória, a ciência, a imortalidade, caminha para um ponto determinado, pode tudo olvidar na sua carreira acidentada de louros, porém eu só tenho o meu amor, e, aos vinte anos, o amor é a vida inteira! Se um dia amou, como eu o presumo, peço--lhe, em nome dessa lembrança, que me restitua o meu Alberto. O que será de mim sem ele?" — exclamou a mísera criança, rojando-se no chão e abraçando os joelhos dessa imóvel e lívida criatura que parecia transformada em mármore.

Enquanto falara ela, passara Lésbia da surpresa à decepção, à muda revolta, a frêmitos de impaciência, a fugaz ironia e a profundo desalento. Pouco a pouco, porém, eletrizou-se a alma esmorecida, sentindo a doce influição do enternecimento, evocando uma parte do passado, aspirando naquelas lágrimas quentes e sentidas como um ressaibo das suas próprias dores e da sua tormentosa juventude.

Salva estava Heloísa: a comiseração da poetisa e a fina percepção da psicologista desencantada do mundo suplantaram todas as rebeliões da amante, cônscia do seu poder e da sua vitória. Voluntariamente, pois, renunciou Lésbia à última alegria da vida em prol dessa ingênua menina que tivera a coragem de ser humilde e singela. Sabendo quanto é suscetível e suspeitoso um coração novel, não quis a sublime criatura deixar a mínima névoa que pudesse ensombrar no futuro a credulidade da jovem, resignando-se, por isso, a mentir-lhe piedosamente.

Mais pálida do que Heloísa, tendo a fronte aureolada por um reflexo dessa soberana grandeza que iluminava a cabeça dos mártires, disse, com a sua persuasiva e harmoniosa voz:

— Pobre criança! Por que não veio mais cedo a fim de recuperar a perdida tranquilidade? Fez muito bem em seguir os seus impulsos, procurando-me, apesar desse passo lhe parecer temerário, pois só eu mesma poderia restituir-lhe a alegria e a esperança. Olhe bem para mim, perscrute o meu olhar e o meu semblante, veja se o meu todo lhe inspira confiança — pediu ela, voltando-se para a luz da janela e mostrando-lhe o formoso rosto, sereno e digno.

— Oh! Sim, sim! Eu creio na senhora como em Deus mesmo! — exclamou Heloísa.

— Pois bem, juro-lhe que, até este momento, seu primo não me dirigiu uma só palavra de amor! Naturalmente experimenta por mim o que muitos outros também sentem: vivo entusiasmo pela minha qualidade de mulher de letras em uma terra onde esse gênero não abunda, eis tudo. Mas minha ciumentazinha inventou logo uns amores romanescos e uns abandonos cruéis. Sossegue, minha filha, faça justiça ao encanto da sua mocidade, tenha fé na magia de seus lindos olhos e nada receie de uma matrona que poderia ser mãe de vocês dois. Sorria comigo, zombe como eu dos seus temores de menina porque, atualmente, só as traças deverão temer a minha concorrência por termos a mesma paixão.

— Oh! Não e não! É a senhora a melhor e a mais bela das mulheres, e se Alberto não lhe confessou o seu amor, será por falta de coragem unicamente.

— Louquinha! Ouça-me: nunca revele a ninguém esta nossa entrevista, nem mesmo à sua amiga que aqui a trouxe. Diga-lhe que não me encontrou em casa, invente, enfim, qualquer subterfúgio, e acredite que este conselho é todo em seu proveito. Prometo-lhe que, em breve, daqui a quinze dias ou um mês, não terá mais a recear nem mesmo a minha presença. Estou muito cansada disto tudo, careço de repouso e parto definitivamente para longínqua viagem de há muito projetada. Saiba que é a primeira pessoa a quem comunico este projeto, e confio na sua absoluta discrição. É hoje, portanto, a última vez que nos encontraremos porque, doravante, terei muitos afazeres. Estimo bastante havê-la conhecido, desejando-lhe todas as venturas de que é digna. Siga sempre os avisos do seu coração e creia nesse Deus clemente que protege os puros afetos e as almas impolutas.

XXVII

Considere-o sempre como fonte do bem e da justiça, cumpra todos os deveres que o destino lhe reservar. Por mais árdua que seja a sua missão, parecer-lhe-á mais suave, desde que se apoie na fé e na paz da consciência. Adeus!

— Como poderei agradecer-lhe esta revoada de esperanças e de júbilos? — bradou Heloísa, abraçando-a com efusão.

Segurou-lhe Lésbia a fronte, mirou-a detidamente com a inquieta curiosidade de artista, temendo encontrar alguma falha, mas aquietou-se logo, passando-lhe fugitivo sorriso entre os lábios soabertos.

— Agradeça-me rogando por mim a esse Deus que tanto a ouve. Seja feliz. Adeus — murmurou, apertando-a nos braços com a extrema mansidão com que Cristo abraçaria a cruz.

Enquanto felicíssima descia Heloísa as escadas, levando-lhe mais que a vida, desesperada correu Lésbia aos aposentos, caindo de bruços sobre o leito e chorando convulsa, em patética pusilanimidade.

XXVIII

Durante quinze dias, padeceu Lésbia intolerável tortura, completamente entregue ao alucinante desespero que a magoava. Fechara-se sua porta até para o fiel Catulo, a quem escreveu algumas linhas, suplicando-lhe que não procurasse vê-la sem que o mandasse chamar. Ainda há pouco tão fresco, rapidamente desbotara o seu admirável semblante, como flor privada da seiva. Depois de certa idade, não deviam as mulheres mais sofrer. Na primeira mocidade, assemelham-se ao débil junco que a voragem verga sem partir, mas, no outono da vida, são rosas desabrochadas prestes a fanar-se que uma aragem mais forte desfolha de todo.

Repassava-lhe mil vezes pela mente a confidência de Heloísa, provocando-lhe sempre os mesmos sentimentos discordantes que em tal momento a haviam assaltado. Sentira amarga surpresa, uma quase decepção, em não ser a primeira imagem refletida na alma de Alberto, nessa alma fresca, juvenil, da qual julgara possuir as primícias.

Seguira-se tristonha desilusão por apanhá-lo em falta ou quebra de lealdade quando lhe asseverara que ela fora o seu primeiro amor; mas desculpara-o logo, lembrando-se de que também renegara o incomparável afeto de Catulo, cobrindo-o com a aparência de fraterna amizade a fim de satisfazer às zelosas inquirições de Alberto.

Depois, revoltara-se o egoísmo do amor ante as súplicas da donzela que mal conhecia e que se achara com direito de pedir-lhe o maior dos sacrifícios na renúncia dessa suprema felicidade que afinal sonhara fruir, depois de tantas lutas. E por que cederia, se ela era a preferida e se o próprio Alberto rompera com o passado? Demais, o que lhe merecia essa moça que a seus pés se rojava e a quem, até aquele dia, nunca vira? Seria, então, muito fácil inutilizar esse penoso labor de esperanças, escrúpulos e remorsos que pouco a pouco a levara ao encontro da ventura? Não era Heloísa nem sua filha nem sua irmã; por que esperava alcançar tanto? Em que se fiara? Acaso julgá-la-ia tão sobre-humana que não pudesse sofrer nem mostrar-se mulher?

Mas a plangente voz da donzela prosseguira sempre, desvendando o dorido coração cheio de seiva, por isso mesmo, mais vívido, mais impressionável, mais indefeso e completamente entregue ao voraz sofrimento que lhe corroía sem cessar a renascente sensibilidade.

Em face dessa dor extrema, cessara a incendida rivalidade de Lésbia. Ávida, esmerilhara todos os arcanos daquele padecer, ouvindo como que o eco das passadas angústias e dos lancinantes temores que a haviam convulsionado outrora. E o inquebrantável desalento que, de há muito, constituíra-se o fundo do seu caráter crescia, trazendo à tona, em sombrio torvelinho, todas as amarguras e todas as contradições humanas. Ora revoltada ora enternecida, murmurava:

— Oh! Alberto, e foi sobre o meu seio que sonhaste as delícias do amor, pedindo alento a um coração carcomido, querendo beber em uma fonte esgotada! Eu amar-te-ia loucamente, mas quem me diz que não virias a sofrer, mesmo em meus braços? Se ao menos caíssem as provações somente sobre mim... e depois... horrível contingência... apesar de velha, poderia extinguir-se a minha paixão porque, enfim, o coração é vário e incompreensível,

XXVIII

e o que seria de ti, pobre alma adorada? Como te hei amado! Tu me pareceste a graciosa imagem da minha esvaecida mocidade e considerei-te uma viva compensação do passado, quando és a coroa do meu martírio. Encontrei-te tão tarde... no declínio da vida, nessa hora triste e solene em que se dissipam todas as efervescências e em que a mulher só deve ser mãe. Alberto! Alberto! Eu te amo como amante, filho, irmão, com todos os meus afetos, sob mil formas, mas sempre a ti, só a ti.

Depois de chorar as despedaçadas esperanças, irritou-se de repente, bradando:

— E por que me sacrificarei? Terei deveras esse direito. Fenecem os amores, acabam-se as ilusões. Tudo finda, é certo, mas, por isso mesmo, deverei afastar dos lábios esse fave dulcíssimo, de indizível sabor? Não será insensatez furtar-me às últimas alegrias que a vida me oferece? E por quem? Por ela, uma criança que tem tudo a esperar, que começa a sofrer e que talvez não o ame demasiadamente?

Mas, nesse ponto, retraçou-lhe a implacável memória todas as angústias de Heloísa, pálida, desgrenhada, soluçando palavras convulsivas, saindo sibilante da garganta apertada em dolorosa constrição. Violentamente estremeceu Lésbia, cerrando as fatigadas pálpebras. Martelado pela febre, entregou-se o seu cérebro a uma espécie de delírio. Zumbiam-lhe os ouvidos, pesava-lhe a cabeça, descaindo no divã, onde se recostara, vencida pelo alquebramento de incessantes vigílias.

Lá fora caía uma chuva contínua, açoitada pelo vento. Com violência, debatiam-se as grandes árvores do parque, projetando sombras fantásticas sobre as vidraças, encobrindo e desvendando simultaneamente um céu cinzento, uniforme, coberto de bruma. Na voz da procela, julgou Lésbia perceber dolente melodia, de onde se destacavam pungentes queixumes.

"Por que perturbaste a união desses dois jovens que nenhum mal te haviam feito? Viviam felizes, aguardando a hora de um doce enlace, e tu os separaste como o anjo do mal. Já viveste bastante, já colheste o que a vida te reservava. Desaparece, pois, cedendo o lugar àquela que nada teve ainda no quinhão da existência. Manda o humano destino que uns caiam para que outros se levantem, havendo sempre permanência de vida nesse constante desviver. Corroída na raiz, tomba exânime a árvore secular bem junto à terra e rasteira planta, rica de rebentos. Submete-te à lei natural, ó Lésbia, curva-te, porque do teu aniquilamento brotarão júbilos e venturas!"

Lívida, banhada em frio suor, sentou-se ela com o olhar desvairado, passando a mão abrasada pela fronte a fim de afugentar tão lúgubres ideias. De súbito, sorriu dolorosamente, dizendo:

— Morrerei! De que me serve este miserável viver que constitui uma cadeia de pesares, prendendo o berço ao túmulo? Irei, antes do termo marcado, repousar de tantas fadigas na paz do sepulcro. Viver? E para quê, se a velhice aí está, como um feixe de flores fanadas, amargurando a saudade da infância e de alguns dias tecidos de ouro? Envelhecer, isto é, decrescer intelectualmente, carregando o repelente e superado invólucro que encerrou as nossas ridentes ilusões, sentindo ainda os pertinazes frêmitos do coração, que não admite a influência do tempo nem os arrazoados da circunspecção.

"Morrerei! É a melhor das soluções no intrincado problema da minha vida. Se eu vivesse, expor-me-ia a novos dissabores. Não concorrerei para semelhante resultado, basta! A vinte de outubro, daqui a dez dias, faz onze anos que a meus pés se prostrou Catulo. Essa data, já tão cara, marcará a minha redenção, e assim não excederei do prazo concedido a Heloísa para libertá-la de seus cruéis receios.

De todo serenada, firme no seu intento, escreveu a Catulo, chamando-o, querendo tê-lo junto a si, desejando fitar um semblante amigo e benévolo. Com pouco, entrou o mísero idólatra sem uma queixa, sem um olhar magoado, contemplando-a com visível interesse e dissimulando o pesar que o seu abatimento lhe causava. Ergueu-se ela, quis balbuciar uma desculpa, mas cortou-lhe a

XXVIII

voz profunda emoção, desatando em pranto. Acomodou-a ele no divã, acariciou-a fraternalmente, inquirindo:

— Sofres, Lésbia?

— Agora, junto a ti, sinto-me melhor, muito melhor! Não me queres mal por te haver afastado? Não me julgaste louca?

— Não! Compreendo e conheço perfeitamente o teu organismo em extremo nervoso. Demais, querida, quantas vezes me tens confessado essa extraordinária necessidade de isolamento?

Pressentia Lésbia que ele não acreditava no que acabava de dizer. Encheu-lhe a alma imensa gratidão, e, trêmula, comovida, com fervor, beijou-lhe a mão que retinha entre as suas, também agradecendo-lhe o generoso disfarce próprio da grandeza de sua alma.

— Não mais te privarei da minha presença, ouviste?

— Deveras? Prometes? — insistiu ele, transfigurado, afagando desvanecidas esperanças, julgando que, de novo, voltava-lhe ela aos braços, esquecido já dos passados tormentos, ébrio de alegria.

— Juro-te que, doravante, sempre me verás! — respondeu-lhe ela com gravidade, passando-lhe os dedos nos negros cabelos.

— Sê abençoada! — murmurou Catulo, apertando-a longamente ao peito.

XXIX

splêndido amanheceu o dia dezenove de outubro como viva ironia à lúgubre resolução de Lésbia, ou talvez como engenhoso convite para que se conservasse entre os vivos, sob o doce influxo desse belo céu que ela tanto amava. Depois do almoço, acompanhada por Catulo, dirigiu-se ao gabinete de trabalho, entretendo-se largas horas naquelas agradáveis palestras de outros tempos, entusiasmando-se, alçando-se da terra e quase esquecida de que era aquele o seu último dia de vida.

Nadando em júbilo, ouvia-a ele com o orgulho de sempre, perdoando-lhe o momentâneo abandono com que o ferira em vista da plenitude dessa extrema felicidade que de novo lhe outorgava. Como era bela e adorável essa mulher sem igual! E com que ardores a amava, depois de onze anos de uma convivência jamais entibiada, antes mantida e sublimada pela incontestável superioridade dessa criatura única, forma encantadora, aviventada por uma alma a crepitar em mágicas centelhas.

Rápido passou o tempo: desceu o crepúsculo, sumiu-se o sol, baixaram as trevas, despedindo-se Catulo, risonho, tranquilo, feliz. Sentiu Lésbia cruel despedaçamento dilacerar-lhe o coração fibra a fibra, fazendo-a naquele momento avaliar a força do afeto que a prendia a esse homem que lhe era tudo — família e universo.

LÉSBIA

Protegida pela escuridão da sala, que lhe ocultava a palidez, abriu-lhe os braços com profunda mágoa e desalento, apertando-o ao seio ofegante, temendo que ele pudesse adivinhar a angústia daquele desordenado pulsar, beijando-o com indizível ternura nos olhos, nas faces, nos lábios, sem poder deixá-lo, quase traindo-se. De súbito, afastou-o brandamente, pousou-lhe as mãos nos ombros, dizendo, com voz trêmula:

— Lembras-te da época em que te recebia com estes afagos, afogando-te em infinda emoção? Há tanto tempo e parece que foi ontem! E a data de amanhã, Catulo? Vinte de outubro? Vem ver-me bem cedo, ouviste? E dá-me um ósculo muito afetuoso, muito longo, prometes? — pediu ela, prestes a soluçar.

— Prometo beijar-te com a idolatria que te voto há onze anos, sem quebra de um instante! — respondeu ele, estreitando a formosa cabeça de encontro ao peito e saindo venturoso e comovido.

Seguiu-o Lésbia com o olhar enublado de lágrimas, até vê-lo sumir-se, murmurando:

— Adeus, meu melhor e único amigo! Inestimável pérola que eu encontrei no fundo do meu cálice de amargura. Adeus...

Refugiou-se nos seus aposentos, chorando abundantemente e sentindo-se um tanto serenada. Depois, ergueu-se, banhou as faces abrasadas e as pálpebras vermelhas, procurando apagar os vestígios do pranto porque a soma das suas provações ainda não terminara — faltava-lhe Alberto.

Dali a pouco, veio a criada preveni-la da chegada do jovem. Agitou-a toda convulso tremor, impedindo-a de caminhar e irritando-a pela impossibilidade de vencer os pobres nervos, combalidos por tantos embates. Afinal, fazendo violento esforço, levantou-se lentamente, encaminhando-se para a sala. Correu-lhe Alberto ao encontro, tomando-lhe a mão entre as suas e fitando-a com meiga exprobração:

— Por que me veda a sua presença, Lésbia? O que lhe fiz eu! Há algum tempo tornou-se tão avara. Imponha-me qualquer pena, mas, por Deus, não me prive de vê-la!

XXIX

Conseguindo sorrir, quando só quisera chorar, disse ela:

— Bem, cara criança, não mais o magoarei. Aqui estou, contemple-me, faça suas queixas, lamente-se, acuse-me. Tudo ouvirei sem agastar-me. Por que amou a uma esfinge? Eis aí os resultados de não se raciocinar em amor! Vê-se uma mulher, vota-se-lhe o coração sem mesmo indagar se ela é uma criatura como as outras. Tenho ou não razão?

— Não sei. Amo-a! Amo-a como um perdido!

Depois, mudando de tom, suplicando, inquiriu:

— E então, dir-me-á, hoje, finalmente, a sua resolução? Consente em felicitar-me vivendo a meu lado, deixando-me testemunhar-lhe toda a grandeza do meu afeto? Oh! Lésbia, não me desampare, conceda-me a suprema ventura!

— Pois bem, adorável impaciente, amanhã venha ouvir a sua sentença. Promete sempre obedecer à minha vontade?

— Oh! Sim! Sempre! Sempre! Como ser-me-á fácil a sujeição! — bradou, cheio de esperança, crente de que aquele divino semblante só lhe poderia pressagiar júbilos.

E na insaciável necessidade de expansão que tanto aflige a juventude, relatou-lhe dia a dia a progressão de seu amor, repetindo mil minudências, mil incidentes, ouvidos com ardente interesse e com avidez recolhida por Lésbia, que aspirava os longínquos e sutis perfumes, a essência mesma daquela afeição de moço, com a sofreguidão dos que devem viver duplamente, tendo os minutos contados.

Às onze horas, despediu-se o mancebo, protestando voltar cedo no dia seguinte. De um ímpeto, ergueu-se ela com selvagem compostura, como leoa a quem arrancam o filho. Vivamente, porém, retraçou-lhe a imaginação os cruéis receios e desenganos adquiridos em penosa experiência, a dedicada e delicada figura de Catulo e o vulto lacrimoso de Heloísa ante a sua vista enevoada, abatendo-lhe a íntima revolta ou, antes, o instinto de conservação.

Sem poder falar, sufocando os gritos de desespero, agarrou com frenesi à cabeça de Alberto e, desvairada, beijou-a, balbuciando:

— Adeus! Adeus!

Saiu ele a correr, a fim de fugir à tentação de ficar mais tempo, enquanto caía ela no divã, exangue, sem energia, entregue à desesperança. Estava tudo acabado, já não vivia, pois essa criança que lá ia levara-lhe mais do que a existência.

Medindo o medonho vácuo que a rodeava, mais que nunca experimentou a necessidade de morrer para furtar-se àquela insondável aridez que lhe enchia a alma, aniquilando-a. Perpassou-lhe pelos ressequidos lábios fugitivo sorriso, afagando a ideia do funesto remédio de incuráveis males.

Disse Goethe que a religião cristã é uma grande coisa, inteiramente independente; para ela apela a humanidade quando se sente fraca e aflita. Nesse momento, experimentou Lésbia a justeza dessa asserção, desviando de si todo o consolo humano e mirando unicamente uma esperança mais ampla e perdurável. Evocou a infância, relembrando o conchego do materno regaço, onde bebera as primícias da fé e da pura crença em uma religião de amor e de indulgência, capaz de cicatrizar, pela brandura e pelo perdão, todas as úlceras, por mais doridas que sejam.

— Oh! Sim, eu creio na eternidade desse sopro etéreo que ambiciona a imortalidade e que, no entanto, se abate e tantas vezes se degrada, talvez pelo contato da matéria. Bem poucos instantes duvidei disso, e tenho padecido bastante neste mundo para esperar uma compensação. Demais, o influxo do afeto deve prender os que vão aos que ficam, e dessa região, onde em breve comparecerei, velarei sobre os entes que amei na terra, votando-lhes lágrimas saudosas e sorrisos de ternura. Oh! Alberto, minha alma em torno a ti volitará sempre como um sonho, incitando-te ao bem e ao dever, e será essa a recompensa aos meus dissabores. E, tu, criança, não me esquecerás um dia?

Saltaram-lhe dos lindos olhos ardentes lágrimas. Afigurou-se-lhe que, a certas horas da noite, cansados da imobilidade e do isolamento, sacodem os mortos o eterno letargo, despertando em busca de um lamento ou de uma saudade que responda à insaciável esperança que o sepulcro encobre, mas não destrói, e

XXIX

parecia-lhe desoladora essa decepção de além-túmulo. Durante a vida, cair de desilusão em desilusão e, depois da morte, tentar uma última experiência, recolhendo-se de novo à tumba, convencidos de que nenhum sepultado sobrevive ao esquecimento, por mais amado que tenha sido.

E a febricitante mente da poetisa continuou no lúgubre lavor, divisando sombras inquietas, voejando em torno dos esguios ciprestes como a perscrutar, ansiosas, os queixumes do vento nas solitárias alamedas onde não reconheciam o passo do amigo, do pai, do amante, do esposo ou do filho.

E passava a viração no arvoredo como abafados soluços dos míseros olvidados, apelando angustiosamente para o dia seguinte, que lhes traria novo desengano, sem o conforto de uma lágrima, de uma flor ou de uma prece. Assim, nem depois da morte encontram os infelizes a paz e o descanso porque a pertinaz esperança, como cruel sarcasmo, aviventa a cinza, fazendo-a querer, ela que é finita, apegar-se à ilusão, que é vária e infinita.

Alquebrada, dirigiu-se Lésbia ao gabinete de trabalho, tão caro, tão povoado de preciosas reminiscências, onde elaborara as obras que a haviam levado à glória, esse formoso sonho alfim realizado e que a deixava, naquele momento, fria e indiferente. Abriu as janelas e sentou-se à mesa para escrever, dizendo, com leve ironia:

— Quanta formalidade para despedaçar a vida seguindo todos os preceitos — e, sempre rindo, endereçou as seguintes linhas ao chefe de polícia:

Exmo. Sr.,

No uso de todas as minhas faculdades, ponho termo à existência porque assim me apraz. É apenas mais uma excentricidade de mulher de letras, raça inútil e perniciosa, segundo a opinião de alguns cérebros resistentes e incapazes de vertigem.

Com toda a consideração, assino-me sua apreciadora,

Arabela Gonzaga (Lésbia)

LÉSBIA

Depois, trêmula, com a vista anuviada pelo pranto, traçou com dificuldade estas palavras:

Alberto,

Para nós, as mulheres, há uma idade em que só podemos ser mães, constituindo-se os filhos a nossa única alegria. Então, temos já sofrido em demasia, conhecemos perfeitamente o mundo. Não nos é dado mais aspirar e só nos resta chegar ao termo. Acho-me neste caso: o coração fatigado apenas sente palpitar as fibras maternas. Queres ser meu filho, tu, que me apareceste num momento em que só devia cuidar dos afetos de mãe? Sim! Tu aceitas essa adoção de uma alma maternalmente talhada e até hoje virgem desse afeto que torna a mulher a mais bela das filhas de Deus, na frase de Garrett. Aceitas — eu o pressinto, e dispus de ti como se meu filho fosses.

Adorada criança, sê feliz! Estou tão farta da vida que nem tenho a coragem de adiar o suicídio para presenciar a tua ventura, perdoa-me este egoísmo de velha. Vês ao que levam as imaginações fantásticas? Ao desencanto, ao fastio byroniano, ao mórbido suicídio, que é a derradeira taça esvaziada pelos esplíméticos. Mira-te neste sombrio espelho, desvia dele o olhar com repugnância, encara a vida pelo lado prático, que é o salutar, e coloca-te a par dos homens de bem.

Mais tarde, compensa com o teu afeto a constância de tua mimosa prima, dessa criatura jovem como tu, digna de ti, e, feliz entre os teus, recolhe os cândidos eflúvios dessa alma pura que te dará a sua virgindade. Eis o meu voto supremo. Onde quer que eu paire nesse momento, estremecerei de júbilo pela ventura do filho da minha velhice.

Adeus! Sê abençoado!

Lésbia

Pousou um instante a fronte nas mãos convulsas, procurando alento, a fim de continuar as tristes despedidas. Querida

XXIX

lembrança afagou-lhe a memória, colorindo-lhe desbotadas alegrias, e meigo sorriso iluminou-lhe o contraído semblante. Tomou novamente da pena e escreveu:

Catulo,

Disseste-me um dia, fitando-me esse teu olhar de infinita idolatria: "Lésbia, eu te amo ao ponto de renunciar à ventura de ver-te e até de suportar o teu abandono, desde que o meu sacrifício concorresse para a tua felicidade." Referiste mesmo um episódio de romance onde a amante, ao partir, apenas dizia ao abandonado: "Parto, sou feliz!" Lembras-te? Pois bem, menos cruel que a tua heroína, direi: "Adeus! Vou esperar-te além." Onde? Não sei!

Perdoa a tua

Lésbia

Ao lacrar o invólucro, soaram as doze horas, fazendo-a estremecer e prestar atenção, experimentando intimamente como que a repercussão daqueles sonidos. De modo indizível, murmurou, olhando no vácuo:

— Meia-noite! Hora do amor e do crime, e também da recordação e do desalento! Quantas vezes tenho-te ouvido em minha vida e sob diversas impressões... nunca, porém, sob a que hoje sinto. Meia-noite. Uma eternidade de anseios, de protestos, de carinhos. Hora misteriosa em que se mente de boa-fé, julgando ser sincero, tomando ao sério o papel de Romeu e os ouropéis do legendário amante! Ah! Ah! Que farsa e que sacrilégio porque, enfim, se no mundo alguma coisa existe de sublime, é, sem dúvida, o verdadeiro amor. Meia-noite. Quanto perjúrio velado pela doçura do olhar e pelo ardor de voluptuosos beijos. Que imenso nada! E, no entanto, é tudo; a esperança, o presente, a alegria, a vida inteira e evapora-se em um segundo. Pobre humanidade! Como te preocupa essa impalpável miragem, sempre a fugir-te. E quanto a mim, desgraçada, como sou miseravelmente organizada, nada esqueço. Que infinda saudade do que gozei e do que não gozei!

Sufocada, chegou à sacada, respirou sôfrega a aragem aromatizada, perdendo-se em amargo cismar e revendo uma a uma as fases da sua acidentada existência. No meio desse cogitar, respondendo talvez a íntima inquirição, alçou os ombros. Iluminou-lhe a fisionomia o seu belo e leal sorriso dos bons momentos e murmurou:

— Oh! Não, eu posso repetir desassombradamente o nobre protesto de Victor Hugo:

> Poète, j'eus toujours un chant pour les poètes;
> Et jamais le laurier, qui pare d'autres têtes.
> Ne jeta d'ombre sur mon front![17]

Quando empalideceram as estrelas na transição da noite para o dia, ruborizando-se o horizonte em um disco iriado, dentre o qual surgiria o sol, ergueu Lésbia os olhos, fitou umas nuvens tênues que corriam para o ocidente e declamou a desolada pergunta de Rolla, que tão bem correspondia ao estado do seu espírito:

> Vous qui volez là-bas, légères hirondelles,
> Dites-moi, dites-moi, pourquoi vais-je mourir?
> Oh! l'affreux suicide! oh! si j'avais des ailes!
> Par ce beau ciel si pur je voudrais les ouvrir!
> Dites-moi, terre et cieux, qu'est-ce donc que l'aurore?
> Dites-moi, verts gazons, dites-mois, sombres mers,
> Quand des feux du matin l'horizon se colore,
> Si vous n'éprouvez rien, qu'avez-vous donc en vous
> Qui fait bondir le coeur et fléchir les genoux?
> O terre! à ton soleil qui donc t'a fiancée?
> Que chantent tes oiseaux? que pleure ta rosée?

---

[17]"Poeta, sempre tive uma canção para os poetas;/ Nunca os louros, adorno de outras cabeças./ Não lançou sombra sobre minha fronte."

XXIX

Pourquoi de tes amours viens-tu m'entretenir?
Que me voulez-vous tous, à moi qui vais mourir?[18]

Pálida, mas estoica, contemplou longamente a paisagem que se descortinava ante ela e entrou no gabinete, mirando todos os recantos, dando um olhar àqueles objetos, todos amigos, companheiros dos dias tristes como dos alegres, tateados nos momentos de triunfo, na impaciência da febre e na agitação do júbilo.

Apoiando-se à secretária, tentou escolher o gênero de morte que menos lhe repugnasse. Rejeitou o punhal como brutalmente frio; o revólver, por indiscreto; o veneno, pela lentidão do efeito e incerteza do resultado; e, afinal, optou pela escolha de Sêneca. Munida de um bisturi, desceu ao quarto de banho ladrilhado de mosaico, recebendo a luz de imensa claraboia onde já se esbatiam os raios solares. A um canto estava o banheiro de mármore em forma de concha, tendo em frente um grupo de náiades de ondulantes dorsos em provocante postura, com o enigmático sorriso das estátuas.

Despiu-se Lésbia, resvalando-lhe as vestes docemente ao longo do corpo, como que afagando os egrégios contornos da encantadora criatura. Depois de amornar o banho, resoluta cortou as veias da prega do braço, lançando longe o bisturi e conservando o ferimento debaixo d'água, logo carminada pela abundância daquele generoso sangue que aviventara o gênio.

Aljofrou-lhe a fronte frio suor, sentindo ela indizível aflição, algumas náuseas e um começo de síncope. Esforçando-se em vencer o alquebramento, esvaziou um pouco o banheiro, retemperou

[18]"Vós, andorinhas ligeiras, que voais distantes,/ Dizei-me, dizei-me, por que eu morreria?/ Oh! Abominável suicídio! Oh! Se eu tivesse asas!/ Por este belo e tão puro céu as abriria!/ Dizei-me então, terra e céu, que é a aurora?/ Dizei-me, verdes campos, dizei-me, sombrios mares,/ Quando o lume da manhã o horizonte colore,/ Se nada sentis, o que há em vós/ Que faz palpitar o coração e dobrar os joelhos?/ Oh! Terra! A que sol te prometeste?/ Que cantam teus pássaros? Por que chora tua roseira?/ Por que vens me falar de teus amores?/ Que quereis todos vós de mim, que vou morrer?"

a água e apoiou fortemente a nuca na saliência do rebordo, cerrando as pálpebras e suportando intolerável ansiedade.

— Catulo! Alberto! — balbuciou.

Mesmo morrendo, continuou o fecundo cérebro a laborar. Divisando, talvez, esplêndido fantasma, disse:

— Fama e glória! Insaciáveis messalinas, afaguem a outros como me afagaram a mim!

No meio daquela angústia física, como que se volatilizava a matéria, imprimindo à alma infindo gozo, uma espécie de influência narcótica, povoada de gentis quimeras. Dentre brumas, viu ela surgir um bando alado adejando-lhe em torno, e reconheceu os perfis dos seus heróis e heroínas, das caras criações tão amadas que a vinham saudar nos umbrais da eternidade.

Soabriu-lhe os pálidos lábios beatífico sorriso, murmurando com voz enfraquecida, suave, eólia, a pungitiva estrofe de Lermontof:

> Je te rends grâces, ó Seigneur!
>
> Du tableau varié d'un monde plein de charmes,
>
> Du feu des passions et du vide du coeur,
>
> Du poison des baisers, de l'acreté des larmes,
>
> De la haine qui tue et de l'amour qui ment,
>
> De nos rêves trompeurs perdus dans les espaces,
>
> De tout enfin, mon Dieu! Puisse-je seulement
>
> Ne pas longtemps te rendre grâces![19]

Extinguiu-se a voz, cessou o sangue de correr, morreu a ave canora da brasília terra: à imortalidade pertencia Lésbia!

---

[19]"Rendo-te graças, Senhor!/ Pela variada riqueza de um mundo cheio de encantos,/ Pelo fogo das paixões e pelo vazio do coração,/ Pelo veneno dos beijos e pelo amargor das lágrimas,/ Pelo ódio que mata e pelo amor que mente,/ Por nossos sonhos enganosos, perdidos nos espaços,/ Por tudo, enfim, meu Deus! Que eu tão somente/ Não tarde em render-te graças!"

XXX

Pouco a pouco, sucedeu ao silêncio o ruído dos bondes e das carroças, despertando os fâmulos e obrigando-os a tratar dos arranjos domésticos. De repente, plangente ganido feriu o ouvido da criada particular de Lésbia, fazendo-a correr ao lugar de onde partia o lamento. Junto à porta do banheiro, fossando o soalho, lambendo líquido filete, debatia-se a Juriti, a mimosa cachorrinha, já um tanto cega, que há quinze anos vivia dos afagos da ama. Abaixando-se a criada para tomá-la nos braços, viu-lhe o focinho tinto de sangue, passou a mão sob a poita e soltou pavoroso grito.

Incapazes de qualquer iniciativa, amedrontados, correram alguns fâmulos à casa de Catulo e à do dr. Luiz Augusto, enquanto os outros faziam comentários sobre o caso. À vista do pálido amante, calaram-se todos, arrombando por sua ordem a porta sem ousar entrar após esse espectro ambulante, cujo mudo desespero os aterrorizava quase tanto como o mistério que iam perscrutar.

Ofegante, precipitou-se ele junto ao banheiro, fascinado pela formosa cabeça nele apoiada, soltando surdo rugido ao divisar a rubra superfície de onde emergia o ideal semblante, tão sereno, tão vivo naquele sarcástico sorriso que lhe era peculiar. Alucinado, encostou-lhe os lábios à fronte; achando-a fria, mergulhou a mão na água a fim de palpar-lhe o coração, experimentando horrível dor ao contato do sangue gelado e do seio insensível. Quase louco, segurou-a pelos ombros, sacudindo com frenesi a forma divina de onde corriam gotas vermelhas, semelhando coral derretido. A rigidez dos membros, o baquear da augusta fronte rolando-lhe sobre a espádua desenganaram-no de todo, patenteando-lhe a medonha realidade. Dilatou-lhe o peito uma espécie de ruptura, obrigando-o a depor a morta.

Então, com aparente impassibilidade de autômato, esvaziou o banheiro, tornou a enchê-lo, lavando com fraterna piedade o ente a quem mais amara na vida, livrando-a, mesmo inerte, de todo o olhar profano. Envolveu-a em cetinosa coberta, carregou-a às costas e deitou-a no leito do qual em breve se acercou o dr. Luiz Augusto, trêmulo, comovido, atendendo à narração de Catulo, que, mais ou menos, relatou intuitivamente o que se passara, mostrando-lhe o bisturi e as incisões, que se destacavam um tanto arroxadas da lividez dos admiráveis braços.

— Julguei um momento, pobre Lésbia, que o prestígio da glória e do triunfo te salvassem, mas, apesar da tua superioridade, não pudeste furtar-te à influência deste século infectado de exagero e de neuropatia! — bradou o médico, procurando ocultar sob o paradoxo o desgosto de velho amigo pelo desastroso fim da ilustre criatura que conhecera desde mocinha.

Conservou-se algum tempo silencioso, contemplando-a com afetuosa comiseração. Depois, curvou-se sobre ela, beijou-lhe a fronte e saiu, enxugando as lágrimas. Horas depois, estava Lésbia no caixão, coberta de violetas, com as mãos fidalgas cruzadas sobre o peito, bela, adorável, como se dormisse nesse leito de flores. Mirou-a Catulo com os olhos áridos, passando-lhe os dedos nos negros cabelos.

Descobrindo alguns fios brancos, beijou-os e ocultou-os, ele que, um dia, por excesso de amor, como que se alegrara, deparando com esse começo de decadência. Mas então, eram outros os seus sentimentos, e naquela hora desaparecia a mesquinhez dos

XXX

zelos do homem, ficando somente a sublimidade de incomensurável afeto.

— Oh! Minha amada, por que escolheste esta cruel solução? Por que não me sacrificaste? Preferia o teu abandono a este horrível descalabro. Viva, sempre me restaria a esperança de ver-te e de reconquistar-te, mas agora... pensavas, talvez, que eu de nada sabia quando tudo adivinhara, lendo-te na alma, divisando-te os escrúpulos e as indecisões. Miserável! Covarde que eu fui! Sou mesmo o culpado deste extremado desenlace. Por que não te libertei, saindo da corte, sufocando o desespero, morrendo longe de ti, poupando-te a minha agonia? Oh! E eu te amava tanto, e esse amor não soube guiar-me nem esclarecer-me o entendimento. Perdoa-me! Eu vivia dessa covardia e matei-te!

Um passo precipitado, acompanhado de surdos lamentos, fê-lo estremecer: era Alberto, que lhe trazia mais um travo de fel. Convulsiva irritação apoderou-se dele, provocando-lhe petos de fulminar o mancebo. Este nem sequer o viu, fitando horrorizado o rosto de Lésbia e prorrompendo em angustiado pranto, a que sucederam queixas e lamentos de havê-lo iludido, de tê-la perdido para sempre.

Comovido em face de tão grande dor, Catulo ausentou-se um instante, voltando pouco depois com a carta da suicida e entregando-a ao mancebo. Percorreu-a este, sendo abalado por novo acesso de desespero e instando com o mísero rival a ler o que ela lhe escrevera. Compreendeu Catulo e lastimou profundamente o tocante subterfúgio empregado pela desventurada mulher, ocultando sob materna afeição o incandescente amor que a consumia e a que não quisera ceder, subjugada pela sua cruel experiência da instabilidade humana e por princípios de alta longanimidade.

À tarde, numeroso acompanhamento seguiu o carro de Lésbia, coberto de coroas enviadas por diversas corporações com estrepitosos endereços. E antes do ritmo das pás de terra lançadas sobre ela, pomposos discursos ecoaram no espaço, proferidos pelas mesmas vozes que tantas vezes haviam tentado negar-lhe os incontestáveis merecimentos.

À luz expirante do dia, representavam assim aqueles homens a comédia funerária, enquanto desaparecia no mistério do sepulcro o encantador semblante da poetisa, aureolado pelo sibilino sorriso com que os suplantara durante a vida.

Depois que todos se retiraram, ajoelhou-se Catulo junto ao túmulo e chorou, enfim, experimentando salutar reação. Voltando ao Rio Comprido, fechou-se no gabinete de Lésbia, onde, prostrado, caiu no divã e dormiu pesadamente até o dia seguinte. Despertando, avistou a divisa que encimava a porta — *Non omnis moriar* — e sentiu-se mais alentado para começar a tarefa que se impusera, como devida homenagem àquela que já pertencia à posteridade.

Instituíra ela a Catulo seu testamenteiro, deixando-lhe várias joias e preciosidades, e um legado de cem contos de réis a favor de Heloísa para o dote de seu casamento com Alberto, revertendo por sua morte a este; e distribuiu o resto da fortuna em legados pios, entre os quais notavam-se a fundação de um asilo de educação de órfãs desvalidas e a criação de um liceu para o sexo feminino. Tudo isto muito enraiveceu a prima Joana, a quem, aliás, a primeira notícia do suicídio enchera de esperanças áureas e sonantes.

Colecionou Catulo as obras inéditas de Lésbia, fê-las imprimir luxuosamente e escreveu-lhe a primorosa biografia, terminando por estas palavras de Delavigne a Byron: "Sê imortal, tu foste — tu mesma!"

Exausto pela saudade e pelo fatigante labor a que se entregara de corpo e alma para cumprir as disposições de Lésbia, logo que as realizou, faleceu o incomparável amante, indo em demanda da formosa criatura que lhe marcara uma entrevista além, nesse misterioso ponto que ninguém conhece.

Não pudera Alberto acompanhar o enterro de Lésbia porque acometera-o violenta febre cerebral, ameaçando cortar-lhe a xxx

existência. Salvaram-no os desvelos maternos, a dedicação de Heloísa e a robustez do seu organismo, mas foi longa e penosa a convalescença, sempre turvada pelos acessos de pertinaz desespero. No medonho delírio, só um nome acudia-lhe aos lábios, só uma imagem lhe torturava a lembrança, só uma angústia lhe pungia a alma — Lésbia.

E Heloísa, pálida como ele, agitada por vários sentimentos, refreara veemente desejo de confessar-lhe o encontro com a ilustre criatura, experimentando inconsciente remorso de não haver falado há mais tempo. Vinha-lhe, porém, à lembrança aquele vulto encantador, meigo, melancólico, fitando-lhe o olhar infinito, recomendando-lhe segredo, e instintivamente compreendia ela que devia calar-se e obedecer àquela que tanto conhecia o coração humano.

Muitas vezes, nas longas noites de insônia, contemplando o constelado firmamento e ouvindo o pungitivo delirar de Alberto na vizinha alcova, tentara a donzela perscrutar o mistério daquele inexplicável suicídio porque a finada deveria amar a vida que o seu talento juncara de louros.

Excitada pelo ardente investigar, indicava-lhe a fina percepção feminil umas hipóteses que a faziam estremecer de terror, relembrando-lhe a súbita transformação de Lésbia, ouvindo-lhe a confissão dos desalentos. Então proferiu a menina duas singelas palavras, ditadas pela compaixão e pela simpatia, que exprimiram mais do que um poema inteiro de louvores:

— Pobre mulher!

Um ano mais tarde, em plena eflorescência, confiada na sua beleza e na força do seu afeto, viu Heloísa umedecer-se de ternura o olhar de Alberto, pedindo-lhe que lhe confiasse o seu destino. Sorrindo como um anjo, estendeu-lhe a nevada mãozinha, entrando desassombrada na posse dessa cara ventura, comprada com tantas lágrimas e colhida sobre o grandioso túmulo da pobre mulher.

1884

Primeira impressão da primeira
edição: setembro de 2021

Editor responsável	Omar Souza
Preparação de texto	Equipe 106
Revisão	Equipe 106
Capa	Rafael Brum
Diagramação	Sonia Peticov
Impressão	BMF Gráfica e Editora
Capa	*papel* Supremo 250 g/m²
	fonte DIN Alternate Bold
Miolo	*papel* Pólen 80 g/m²
	fonte Arrus corpo 11
Acabamento	Laminação *soft touch*, verniz UV
	pintura trilateral